神机妙算

易错题

一年级

丛书主编　吴庆芳

分册主编　张祖杏

参　　编　涂　念　　冯培生　　陈世秀

　　　　　李友章　　李天祥　　肖茂林

　　　　　扶文忠　　夏朝亮　　谭则海

　　　　　顿中英　　王　飞

机械工业出版社

图书在版编目（CIP）数据

神机妙算. 易错题. 一年级/吴庆芳主编;张祖杏分册主编. —北京:机械工业出版社,2011.6

ISBN 978-7-111-34936-5

Ⅰ. ① 神… Ⅱ. ① 吴… ② 张… Ⅲ.① 小学数学课 – 习题集 Ⅳ.① G624.505

中国版本图书馆 CIP 数据核字（2011）第 105644 号

机械工业出版社(北京市百万庄大街 22 号 邮政编码 100037)

策划编辑:崔汝泉

责任编辑:崔汝泉 昔玉花

责任印制:李 妍

北京振兴源印务有限公司印刷

2011 年 7 月第 1 版·第 1 次印刷

169mm×239mm·7.75 印张·116 千字

标准书号: ISBN 978-7-111-34936-5

定价: 15.50 元

前　言

　　为了激发同学们学习数学的兴趣,培养同学们的数学学习与应用能力,提高同学们的数学成绩,我们组织长期工作在教学一线的小学数学特级教师、高级教师,依据《小学数学课程标准》和各版本小学数学教材,编写了"神机妙算"丛书。该丛书包括"口算 心算 速算 巧算"、"应用题"、"必考题"、"易错题"、"计算题"、"奥数题",每类中含 1～6 年级用书各一册,其中"应用题"、"必考题"和"易错题"另加小升初总复习一册,共 39 个分册。

　　"易错题"是这次推出的新品种之一,我们严格依据各版本教材的上、下册内容,确定每个年级的内容;再依据选定的内容细分小知识点专题,每个知识点下分若干次练习,另设"单元综合练习",书后设"全国小学生数学神机妙算杯——易错题竞赛卷"。

　　每单元设以下栏目:"知识点清单"是呈现所在单元的概念、公式、法则、定理等数学知识;"易错点警示"将本单元的易错点分条写出,每点下提出怎样避免出错的警示;"易错点题例"首先出示例题,下附"错解"和"正解",并有"错误原因分析"和"解题思路点拨",最后安排"变式小练习"。各小节知识点习题的呈现方式一是"错解题改正训练";一是"易错题分类练习",类型包括"易错判断题"、"易错选择题"、"易错填空题"、"易错应用题"、"易错操作题"等等。

　　同学们在学习数学尤其是练习或者考试的时候,总会遇见这样或那样的易错题。本书就是为了帮助同学们掌握好解决这类易错题的方法,以期在练习或考试中遇到易错题而不出错,做对每一道题。

　　"神机妙算"系列丛书,体例独特、设计合理、编排科学,给人以耳目一新的感觉。更重要的是该丛书内容的设计切合实际,题量丰富,题型新颖,既重基础又重技能,既重训练方法又重训练过程,既可作教案又可作学案,既实用又好用。可谓一册"神机妙算"在手,让你学习数学无忧,助你学习数学夺冠!

编者

目 录

一、数 一 数

1. 认数——感知 10 以内的数;
2. 数数——数出 10 以内的数。

数数的方法:数一种物体的数量时,用点数的方法,用手指着物体一个一个地数。可以从左往右数,也可以从上往下数,做到不重数,不漏数。熟练后还可以两个两个地数,三个三个地数……这样可以快速地数出每种物体的数量。

多种物体混放,要用做标记的方法一样一样地数。数的时候要按顺序边数边做标记。

易错点警示

易错点一 数一数,圈出正确的数字。

④　　5　　6

警示:在数物体的具体个数时,必须对着物体一个一个地数。

易错点二 下图中,🍎有 6 个。(✓)

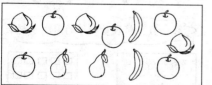

警示:图中有几种水果,数数时采用做标记的方法,边数边做标记,才能做到不重数,不漏数。

易错点题例

题例 下图中每种水果各有几个?

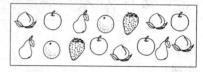

错解 ✗ 桃有 3 个,苹果有 5 个,梨有 3 个,橘子有 3 个,草莓有 2 个。

错误原因分析 初学数数时,很容易重复数或漏数。特别是几种水果混放在一起时,如果没有正确的方法就更容易出错了。

解题思路点拨 解这种题,我们可以采用标记法来数,也就是按一定的顺序,一种水果一种水果地数,数一个就做一个标记。这样就能正确地数出各种水果的个数了。

正解 ✓ 如下图所示。桃有 4 个,苹果有 4 个,梨有 3 个,橘子有 2 个,草莓有 2 个。

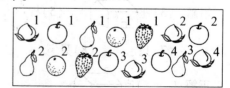

变式小练习

数一数,写一写。

　(　)个　　(　)根　　(　)个

数 一 数

【题目1】 数一数每幅图中的物体个数分别是多少？请在正确的答案上涂上你喜欢的颜色。

2　3　　　4　5　　　8　9

错解：2　　　4　　　9

正解：

【题目2】 漂亮的村庄。

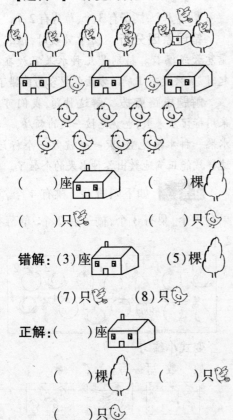

（　）座🏠　　　（　）棵🌳

（　）只🐦　　　（　）只🐤

错解：(3)座🏠　　（5)棵🌳

　　　 (7)只🐦　　（8)只🐤

正解：(　)座🏠

　　　 (　)棵🌳　　（　)只🐦

　　　 (　)只🐤

一、易错填空题

1. 数一数，□里应填几？

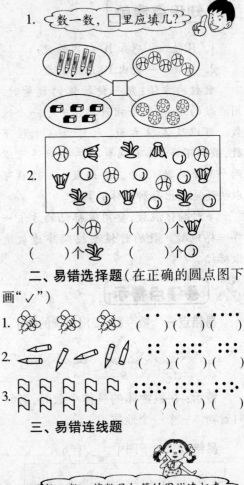

2.

（　）个🏀　　（　）个🏸

（　）个🌿　　（　）个🌑

二、易错选择题（在正确的圆点图下画"√"）

1. 🐝🐝　🐝🐝🐝　🐝🐝🐝　　（　）（　）（　）

2. ✏✏　✏　✏✏✏　（　）（　）（　）

3. ⚑⚑⚑　⚑⚑⚑　⚑⚑⚑　　（　）（　）（　）

三、易错连线题

数一数，将数量相等的用线连起来。

单元综合练习

 错解题改正训练

【题目1】 图中有 6 个 🍎是正确的吗?

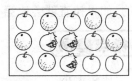

错解:有 6 个 🍎是正确的。

正解:

【题目2】 数一数,照样子涂一涂。

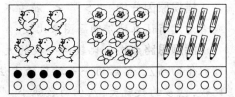

错解:

正解:

 易错题分类练习

一、易错选择题

选择正确的数字圈起来。

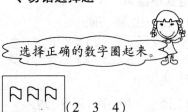

(2　3　4)

(5　6　7)

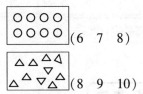

(6　7　8)

(8　9　10)

二、易错填空题

1. 按顺序写数字。

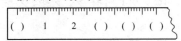

( )　1　2　( )　( )

2. 按顺序排座位。

3. 仔细数,再填空。

🌳 有( )棵　🐦 有( )只

🦋 有( )只　🌻 有( )朵

三、易错判断题

1. 每只小狗啃一根骨头,屋子里有 6 只小狗。( )

2. 小鱼儿吐了10个泡泡。( )

二、比 一 比

1. 比多少(同样多,多些,少些),比大小;
2. 比高矮,比长短;
3. 比轻重,比厚薄。

易错点警示

易错点一 如下图所示,比一比,谁多谁少?

错误解答: 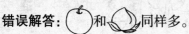 同样多。

警示:不要只看第一个桃和苹果对着,最后一个桃也和最后一个苹果对着,就凭直觉观察作出结论,必须采用一一对应的方法,才能进行准确的比较。

易错点二 哪根绳子长?(在正确答案的□里画"√")

(1) ——————

(2) ⌒⌒⌒⌒⌒

(1)长 □   (2)长 □

两根绳子同样长 ☑

警示:不要只看两端是齐的,就判断两根绳子是一样长的。实际上第二根绳子是弯曲的,如果拉直就会比第一根长。

易错点题例

题例 比较大小。

5○7   9○6

错解✗ 5 ⊙ 7   9 ⊘ 6

错误原因分析 ">""<"混淆不清,或者是没有认真地借助画图来比较。

解题思路点拨 比较两个数的大小,可以借助画△,然后用一一对应的方法来比较,△多的数就大,△少的数就小;也可以按数数的顺序来比:1,2,3,…,10,是按从小到大的顺序排列的。

通过比较得出正确的答案后,一定要区分清楚">"和"<",不然符号写错了,结果就错了。

记住:">"和"<"都是开口朝着大数。

正解✓ 5 ⊙ 7   9 ⊙ 6

变式小练习

1. 比一比,圈一圈。

| ○ ○ ○ ○ ○ ○ | (1) ○比△(多 少) |
| △ △ △ △ △ | (2) △比○(多 少) |

2. 比大小。

4○5   10○8   9○9

1. 比多少 比大小

 错解题改正训练

【题目1】 在下面每个杯子里各放入一个铁块,现在 3 个杯子里的水面一样高,想一想,原来哪个杯子里的水最多?哪个杯子里的水最少?(3 个杯子一样大)

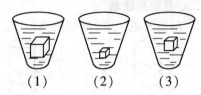

（1） （2） （3）

错解：(1)号杯子里的水最多。
　　　(2)号杯子里的水最少。

正解：

【题目2】 谁多谁少?(在正确答案的 □ 里画"√")

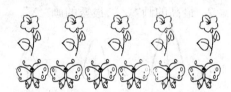

花儿多 □ 花儿少 □ 同样多 □
错解：同样多 √

正解：

 易错题分类练习

一、易错填空题

1. 比一比,填一填。(填"多"、"少")

(1) ○○○○○○○ ○比△（ ）
△△△△△△△△ △比○（ ）

(2) □□□□□□ ∩比□（ ）
□□□□□ □比∩（ ）

2. 比大小。(填"＞"、"＜")

4○3　　5○8　　9○0

2○4　　7○2　　8○9

二、易错判断题

1. 在多的 □ 里画"√",少的 □ 里画"△"。

2. 在大的 □ 里画"√",小的 □ 里画"△"。

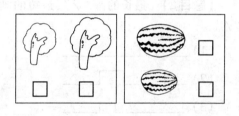

三、易错选择题(在正确答案的 □ 里画"√")

1.

第二行再画几个和第一行同样多?

☆☆☆☆☆☆☆☆
☆☆☆

8个 □　　5个 □　　3个 □

2. ○○○○○○○○○
○○○○○

6个 □　　4个 □　　10个 □

2. 比高矮 比长短

【题目1】 高的画"√",矮的画"△"。

女生□   男生□

错解: 女生 ☑   男生 △

正解:

【题目2】 最长的画"√",最短的画"△"。

(1) ⌐‾⌐ □
(2) ⌐‾⌐‾⌐ □
(3) ⌐‾⌐ □

错解: (2) ☑ (1) △

正解:

易错题分类练习

一、易错填空题

1. 比一比,填一填。(填"高"、"矮")

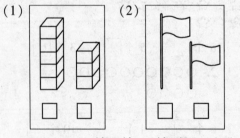

(1)   (2)

2. 比一比,填一填。(填"长"、"短")

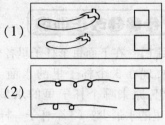

(1) 🥒🥒 □ □

(2) □ □

二、易错判断题

1. 最长的画"√",最短的画"△"。

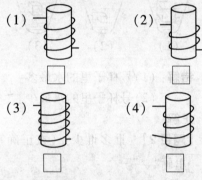

(1)   (2)   □ □

(3)   (4)   □ □

2. 最高的画"√",最矮的画"△"。

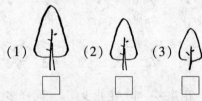

(1)   (2)   (3)

□   □   □

三、易错选择题

哪根旗杆最高? 谁说得对?

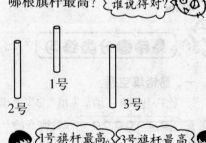

2号   1号   3号

1号旗杆最高。   3号旗杆最高。

小明   小华

(   )说得对。

3. 比轻重　比厚薄

错解题改正训练

【题目1】 最轻的画"√",最重的画"△"。

错解：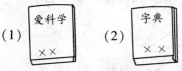

正解：

【题目2】 厚的画"√",薄的画"△"。

(1) 爱科学 ×× 　　(2) 字典 ××

错解：(1) ☑　　(2) △

正解：

易错题分类练习

一、易错填空题

1. 比一比,填"轻""重"。

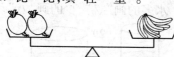

(1) 🍎 □

(2) 🍌 □

2. 比一比,填"厚""薄"。

(1) 语文　　(2) 练习本

□　　　　□

二、易错判断题

1. 重的画"√",轻的画"△"。

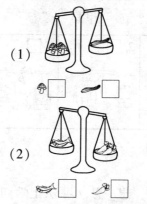

(1) 🍄 □　 □

(2) 🌶 □　 □

2. 最厚的画"√",最薄的画"△"。

(1) 语文　(2) 词典　(3) 练习本

□　　　 □　　　 □

3. 最重的画"√",最轻的画"△"。

(1) 🍉 □　(2) 🍍 □　(3) 🍎 □

4. 比轻重。最重的画"√",最轻的画"△"。

苹果比香蕉重。　梨比苹果轻。

梨比香蕉重。

(1) 🍎 □　(2) 🍐 □　(3) 🍌 □

单元综合练习

【题目1】 三个小和尚去山下挑水。谁挑的水最重? 在 □ 里画"√"。

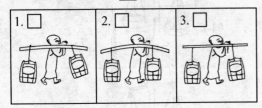

错解: 3. ☑

正解:

【题目2】 想一想,小明去上学,走哪条路最近? 最近的画"√"。

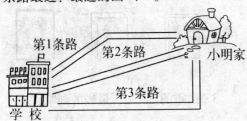

第1条路 □　第2条路 □

第3条路 □

错解:第3条路 ☑

正解:

 易错题分类练习

一、易错填空题

1. △△△△△△△
   ○○○○○○○
   __比__多,
   __比__少。

2.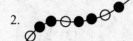
   ○ 比 ● ——,
   ● 比 ○ ——。

二、易错画图题

1. 在△下面画○,○比△多3个。
   △ △ △ △
   _____

2. 在☆下面画□,□比☆少2个。
   ☆☆☆☆☆☆☆
   _____

3. 画一根绳子,比下面的绳子长。

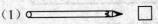

_____

4. 画一棵树,比下面的树矮。

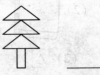

_____

三、易错比较题

1. 长的画"√",短的画"△"。

(1) ━━━━━━━━　□

(2) ━━━━　□

2. 水多的画"√",少的画"△"。

(1)　　(2)

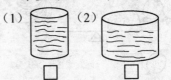

□　　□

3. 厚的画"√",薄的画"△"。

(1)　　(2)

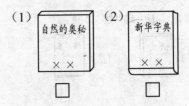

自然的奥秘　新华字典

□　　□

三、10 以内数的认识

知识点清单

1. 读、写 0~10 这些数;

2. 认识符号 "="、">"、"<";

3. 掌握 10 以内数的顺序,理解"几个"和"第几个"(基数和序数);

4. 用数表示物体的个数和事物的顺序。

易错点警示

易错点一

一共有( )种动物。从左往右数,

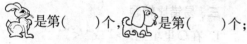

是第( )个, 是第( )个;

从右往左数, 是第( )个。

警示:注意分清左、右方向,在数序数前,先要弄清方位顺序,确定是从哪边数起,再开始数。

易错点二 盘子里有几个苹果?

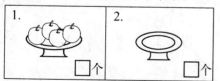

警示:第二个盘子里一个苹果也没有,有的同学可能就不写了。要记住:一个也没有时就用"0"表示。"0"也是一

个数。

易错点题例

题例 一队学生从排头开始报数,最后一名学生报出的数是"10",这个"10"表示什么意思?

错解✗ 这个"10"表示一共有 10 人。

错误原因分析 这样回答不准确,不完整。原因是没有全面地理解自然数的含义。

解题思路点拨 自然数有两层含义:一是数量的含义,也就是被数的物体"有多少个",如这队学生共有 10 人;二是次序的含义,也就是被数到的物体"是第几个",如最后这名学生在第 10 的位置上。

当一个自然数被用来表示事物数量的多少时,通常叫做基数;当一个自然数用来表示事物的次序时,通常叫做序数。

正解✓ "10"既表示共有 10 人,又表示最后一名学生排在第 10 的位置上。

变式小练习

数一数。

△☆☆☆△△★☆△△☆△

△有( )个,☆有( )个。从左数起,★排在第( )。

9

1. 10 以内数的认识

【题目1】 按顺序数一数。

1 3 ( ) 7

错解: 1 3 (4) 7

正解:

【题目2】 □里能填几? 有几种填法?

(1) 5 > □,□里可以填( ),
有( )种填法。

(2) 1 + 3 > □,□里可以填( ),
有( )种填法。

错解: (1) 填(4,3,2,1),有 (4) 种
填法。

(2) 填(3,2,1),有(3) 种
填法。

正解:

 易错题分类练习

一、易错填空题

1. 8 和 10 中间的数是( )。

2. 5 前面的一个数是( )。

3. 6 后面的一个数是( )。

4. 送小动物回家。

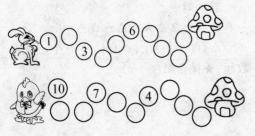

二、易错连线题

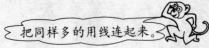 把同样多的用线连起来。

三、易错比较题

1. 在〇里填上">"或"<"。

8〇9 10〇1 9〇7 5〇6

2. △△△△△△△△△
〇〇〇〇〇

△有( )个,〇有( )个。

△比 〇多( )个,〇比 △少
( )个。

再添上( )个〇,△ 就与〇同
样多。

2. 几个和第几个

错解题改正训练

【题目1】 填一填,圈一圈。

□ ○ □ △ ▱

1. 一共有( )个图形。

2. 从左数起△排第( ),□排第
( );从右数起○排第( ),△排第
( )。

3. 把从左数起的前2个图形圈起来。

错解:1. 一共有(5)个图形。

2. 从左数起△排第(2),□排第(3)。
从右数起○排第(2),△排第(3)。

3. □ ○ □ △ ▱

正解:

【题目2】 放学了,同学们排队回家。
小明在队伍里,从前往后数他排第3,从后
往前数他排第4,这一队一共有几位小
朋友?

错解:有7位小朋友。

正解:

易错题分类练习

一、易错填空题

1. 先从0写到9,再从大到小读。

(1) 你一共写了( )个数。

(2) 从右往左数,"4"排第( )

(3) 从左往右数,"7"排第( )。

2.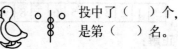

(1) 一共有( )个苹果。

(2) 把左边的4个苹果圈起来。

(3) 把从右数起的第4个苹果涂上颜
色。

二、易错操作题

1. 画9个△,给从左数起的第6个△
涂上颜色。

2. 画9个○,把右边的5个圈起来,
给左边的4个涂色。

三、易错判断题(对的画"√",错的
画"×")

投圈比赛。

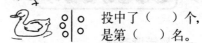 投中了( )个,
是第( )名。

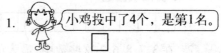 投中了( )个,
是第( )名。

投中了( )个,
是第( )名。

1. 小鸡投中了4个,是第1名。
□

2. 小鸭投中了3个,是第3名。
□

3. 小鹅投中0个,是第3名。
□

单元综合练习

 错解题改正训练

【题目1】

| 8 | 0 | 6 | 5 | 10 | 3 |

上面一共有( )张数字卡片,最大的数是( ),最小的数是( )。

错解:一共有(5)张,最大的数是(10),最小的数是(3)。

正解:

【题目2】 想一想,读一读。

(1)

| | | 5 | | 3 | | |

(2)

| | | | 4 | | | 7 | |

错解:

| 7 | 6 | 5 | 4 | 3 | 2 | 1 |

正解:

 易错题分类练习

一、易错填空题

1.

| 7 | | 5 | | 2 | | 6 | | 10 |

2. 在3,7,8,6,2这些数中,最大的数是( ),最小的数是( )。

3. 看图填数。

(1)

| | | |

(2)

| | | |

二、易错比较题

1. 在〇里填上">"或"<"。

6〇8   9〇10

7〇5   6〇4

2. 给小鸟排队。(填小鸟身上的数)

( ) > ( ) > ( ) > ( ) > ( )

三、易错应用题

1. 给上海世博会的志愿者送水果。

(1) 一共有几车水果?

(2) 梨是第2车,西瓜是第几车?

(3) 西瓜的前面有几车水果?

2. 放学回家。

从后面数起,我排在第4。

这一队小朋友一共有多少人?

四、认识物体和图形

知识点清单

1. 认识立体图形:长方体、正方体、圆柱、球;

2. 认识平面图形:长方形、正方形、圆、三角形。

易错点警示

易错点一 是正方体。

警示:区别长方体和正方体的关键在于判断6个面的形状。6个面都是正方形的立体图形才是正方体。在长方体中也有可能有2个面是正方形,因此不能只要看到有正方形的立体图形就认为是正方体。

易错点二 黑板是长方形,这种说法正确吗?

警示:长方形是平面图形。平面图形是物体的一个面。即使有的物体某一组对面很小,如一张纸,看上去就是长方形,其实它是长方体。要正确区分物体与图形。

易错点题例

题例1 下面的图形中,哪些立得稳?哪些能滚动?

错解✗ 立得稳的图形有:正方体、长方体。

能滚动的图形有:正方体、圆柱、球。

错误原因分析 对长方体、正方体、圆柱和球的形状特点了解不够清楚。判断时也没有认真思考。

解题思路点拨 根据长方体、正方体、圆柱和球的形状特点,可知长方体、正方体和圆柱都有平平的面。因此这三个图形都立得稳,上面的答案中漏掉了圆柱。

由于圆柱除了有平平的面以外,还有1个曲面(它的侧面是曲面),因此也能滚动。而正方体虽然6个面相等,但这不是能滚动的条件。它的6个面都是平平的,是不能滚动的。

正解✓ 立得稳的图形有:长方体、正方体、圆柱。

13

能滚动的图形有:圆柱、球。

变式小练习1

(1) 能放稳的画"✓",不能放稳的画"×"。

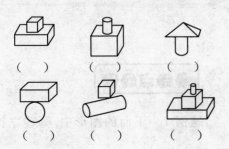

（ ）　　　（ ）　　　（ ）

（ ）　　　（ ）　　　（ ）

(2) 能滚动的画"✓",不能滚动的画"×"。

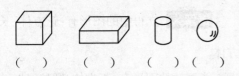

（ ）　　（ ）　　（ ）　　（ ）

题例2 图形回家。(填序号)

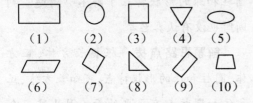

(1)　　(2)　　(3)　　(4)　　(5)

(6)　　(7)　　(8)　　(9)　　(10)

错解× 长方形(1)(6)　正方形(3)

圆(2)　三角形(4)

错误原因分析 对图形的特征掌握不牢;观察不仔细,特别是图形摆放的位置和方向发生变化后,干扰了对平面图形的辨析。

解题思路点拨 每个图形都具有本身的特点,与摆放的位置和方向无关。题中的(1)号和(9)号图形都是长方形,因为它们都是由4条边和4个直角组成的图形,两个图形虽然摆放的位置不同,但它们的属性相同,而(6)号虽然摆放得与(1)号差不多,但它的4个角不是直角,因此(6)号不是长方形。(3)号和(7)号都是正方形,因为它们都有4条相等的边和4个直角。(2)号图形是圆。(4)号和(8)号是三角形,这里漏掉了(8)号,可能是粗心的原因吧。

正解✓ 长方形:(1)(9)　正方形(3)(7)　圆(2)　三角形(4)(8)

变式小练习2

小明摆图案,请你数一数。

(1)

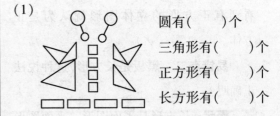

圆有(　)个

三角形有(　)个

正方形有(　)个

长方形有(　)个

(2)

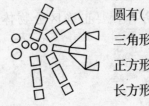

圆有(　)个

三角形有(　)个

正方形有(　)个

长方形有(　)个

1. 认 识 物 体

【题目1】 下面的图形是正方体的画"√",是长方体的画"△"。

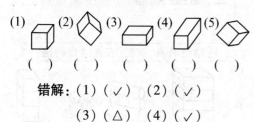

(1) ( )　(2) ( )　(3) ( )　(4) ( )　(5) ( )

错解：(1) (√)　(2) (√)

(3) (△)　(4) (√)

(5) (√)

正解：

【题目2】 在圆柱的下面画"√",在球的下面画"△",其他的画"×"。

(1) ( )　(2) ( )　(3) ( )　(4) ( )

(5) ( )　(6) ( )　(7) ( )　(8) ( )

错解：(1) (√)　(2) (√)

(3) (√)　(4) (△)

(5) (△)　(6) (△)

(7) (△)　(8) (△)

正解：

易错题分类练习

一、易错填空题

数一数,填一填。

长方体	正方体	圆柱	球
( )个	( )个	( )个	( )个

二、易错连线题

把物体和立体图形连起来。

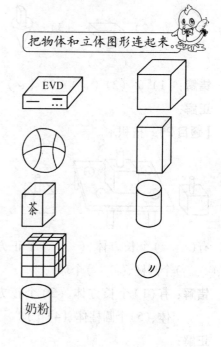

三、易错问答题

1. 是正方体吗?

2. 是圆柱吗?

3. 是正方体吗?

4. 是吗?

2. 有趣的拼搭

【题目1】 哪组能站稳?

能站稳的画"√",不能站稳的画"×"。

(1) 　(2) 　(3)

(　　)　　(　　)　　(　　)

错解: (1) √ (2) (√) (3) (√)

正解:

【题目2】 搭积木。

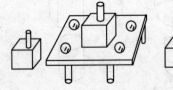

有(　　)个长方体、(　　)个正方体、(　　)个圆柱、(　　)个球。

错解: 有(1)个长方体、(3)个正方体、(5)个圆柱体、(4)个球。

正解:

 易错题分类练习

一、易错辨析题

1. 是长方体的画"√",不是的画"×"。

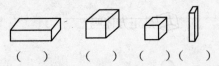

(　　)　　(　　)　　(　　)　　(　　)

2. 是圆柱的画"√",不是的画"×"。

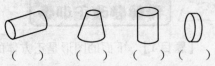

(　　)　　(　　)　　(　　)　　(　　)

二、易错判断题

能站稳的画"√",不能站稳的画"×"。

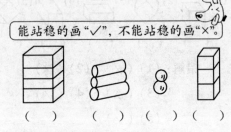

(　　)　　(　　)　　(　　)　　(　　)

三、易错填空题

1.

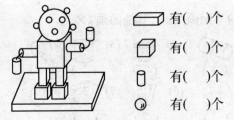

有(　)个

有(　)个

有(　)个

有(　)个

2. 下面各有几个□?

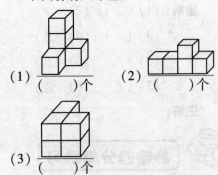

(1) ────── (　　)个

(2) ────── (　　)个

(3) ────── (　　)个

3. 认识图形

【题目1】 图中有几个三角形?

错解:3 个

正解:

【题目2】 铅笔盒是长方形的,这种说法对吗?

错解:对

正解:

【题目3】 圆和球是一样的,这种说法对吗?

错解:对

正解:

易错题分类练习

一、易错填空题

1. 数一数,填一填。

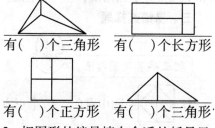

有( )个三角形 有( )个长方形

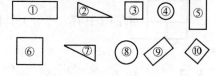

有( )个正方形 有( )个三角形

2. 把图形的编号填在合适的括号里。

| ① | ② | ③ | ④ | ⑤ |

| ⑥ | ⑦ | ⑧ | ⑨ | ⑩ |

( )是长方形 ( )是正方形
( )是三角形 ( )是圆

二、易错连线题

1.

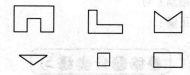

用上面的物体可画出下面的哪个图形?连一连。

2. 下面图形中第二行的图形是从第一行的哪个图形中剪下来的? 把它们连起来。

三、易错判断题

下面的说法对吗? 对的画"√",错的画"×"。

1. 有 4 条边,4 个直角的图形都是长方形。( )

2. 用圆柱可以画出圆形。( )

3. 正方体只有 1 个面是正方形的。( )

4. 拼组图形

错解题改正训练

【题目1】 下面的说法对吗? 对的画 "√",错的画"×"。

1. 用两个相同的正方形一定能拼成一个长方形。( )

2. 用两个相同的长方形一定能拼成一个正方形。( )

3. 有三条边和三个角的图形一定是三角形。

错解:1. (√)　2. (√)　3. (√)

正解:

【题目2】 用圆柱和球都可以画出圆形,这种说法对吗?

错解:对

正解:

易错题分类练习

一、易错操作题

1. 想一想,拼一拼,画一画。

(1) 将两个完全一样的正方形拼成一个长方形,把你的拼法画在下面。

(2) 用4个完全一样的正方形可以拼成什么图形? 把你的拼法画出来。

2. 折一折。

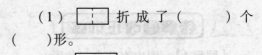

(1) ▭ 折成了( )个( )形。

(2) ▭ 折成了( )个( )形。

二、易错填空题

1. 长方体有( )个面,正方体有( )个面。

2. 长方形有( )条边,正方形有( )条边。

3. 圆柱的上下两个面都是( )形。

4. 摆1个三角形,最少用( )根小棒。

5. 这是小明拼组的图形,请你数一数,填一填。

图中有( )个长方形,( )个正方形,( )个三角形,( )个圆。

三、易错选择题

把正确答案圈起来。

1. 左图中有( )个正方形。

A. 4　　　B. 5　　　C. 6

2. 左图中有( )个长方形。

A. 7　　　B. 6　　　C. 5

单元综合练习

 错解题改正训练

【题目】 数一数。

(1)   (2)

有( )个   有( )个

错解: (1) 7   (2) 6

正解:

易错题分类练习

一、易错填空题

1.

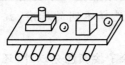
先照样子拼搭图形,再填空。

长方体	正方体	圆柱	球
( )个	( )个	( )个	( )个

2.

上面的图形中一共有( )个长方形、( )个正方形、( )个三角形、( )个圆。

二、易错选择题

把正确答案前的字母填入括号里。

1. 下面的图形中,滚得最快的是( )。

A. ▱ B. ⬭ C. ⬡

2. 下面的图形中,最容易堆稳的是( )。

A. ⬭ B. ⬭ C. ▱

3. 用下面物体可以画出圆形的是( )。

A. ⬭ B. ⬭ C. ▱

三、易错辨析题(在对的图形下画"√")

1. 长方体 ① ⬚ ② ▱ ③ ▭
            ( )   ( )   ( )

2. 正方体 ① ⬚ ② ▢ ③ ▱
            ( )   ( )   ( )

3. 圆柱   ① ⬭ ② ⏣ ③ ⬤
            ( )   ( )   ( )

4. 圆   ① ⬭ ② ⬤ ③ ◯
            ( )   ( )   ( )

四、易错应用题

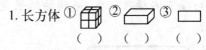 王奶奶家的鸡舍的一堵墙下雨时塌了一处,需要多少块砖能补好?

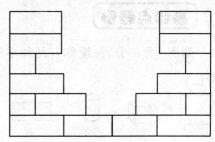

需要( )块砖。

五、分 类

知识点清单

1. 分类的含义:分类是在不同的物体中,把同一类物体与其他物体区分开来。

2. 分类的方法:先判断哪几个物体具有相同的属性、用途,然后把有相同特点的物体归在一起。

3. 按单一标准分类,得到的结果是相同的;按不同标准分类,得到的结果是不同的。

易错点警示

易错点 把不是同类的圈起来。

警示:题目的要求是把不是同类的圈起来,先要根据事物的本质属性来判断是不是同类的事物。图中苹果、菠萝、草莓是水果,只有白菜是蔬菜,因此应该把白菜圈起来。

分类时要注意事物本身的属性。

易错点题例

题例 分一分,说说你有几种不同的分法。

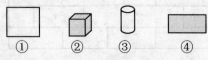
① ② ③ ④

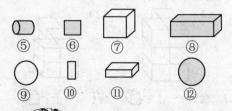
⑤ ⑥ ⑦ ⑧
⑨ ⑩ ⑪ ⑫

错解 ✕ 涂色的分一类:②④⑤⑥⑧⑫

没有涂色的分一类:①③⑦⑨⑩⑪
有一种分法。

错误原因分析 对事物的观察不细致,不全面,只从涂色一个方面考虑,得出只有一种分法。

解题思路点拨 分类前要先确定分类的标准,选择不同的标准,就会有不同的结果。

此题除了按颜色分以外,还可以按立体图形、平面图形分为两类,或者把形状相同大小不同的两个图形归为一类分为六类。

正解 ✓ 按立体图形、平面图形分两类:[②③⑤⑦⑧⑪]、[①④⑥⑨⑩⑫];按相同图形分六类:[①⑥]、[④⑩]、[⑨⑫]、[②⑦]、[③⑤]、[⑧⑪],加上面按颜色分类共有 3 种分法。

变式小练习
你有几种分法?分分看。

20

1. 分类(单一标准)

【题目1】 把同类的物品圈在一起。

错解:

正解:(不画图,在上面题中圈)

【题目2】 把不同类的划去。

错解:划去自行车
正解:

易错题分类练习

一、易错操作题

1. 把不同类的涂上颜色。

(1) △ △ △ □ △ △

(2) ○ ○ ○ ✏ ○ ○

(3) ▭ ▢ △ ⬭

2. 把不一样的划去。

(1) ▱ △ ◹ ▭

(2)

二、易错填空题

下面的物体可以怎样分呢?

1. 苹果有( )个,梨有( )个,桃有( )个,它们都是( ),可以分在一起吗?( )。

2. 白菜有( )棵,萝卜有( )个,它们都是( ),可以分在一起吗?( )。

三、易错应用题

要使 3 个小朋友的糖果一样多,他们各应拿哪一堆?用线连一连。

我有2颗。 我有3颗。 我只有1颗。
小华 小芳 小明

21

2. 分类(不同标准)

【题目】 你能按不同标准分类吗?

错解:动物分一类:②⑤⑦
交通工具分一类:①③④⑥⑧

正解:(上面的分法是对的,但是单一标准。题目的要求是用不同标准分,你还有别的分法吗? 写在下面。)

 易错题分类练习

一、易错涂色题

把会飞的动物涂上颜色。

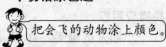

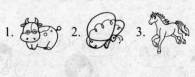

二、易错选择题

哪些物品放错了?选出来,画上圈。

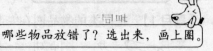

三、易错判断题

分一分,谁分得对,在( )里画"√"。

1.	① ③ ④ ⑤　　② ⑥	( )
2.	① ④ ⑤　　② ③ ⑥	( )
3.	① ③ ④　　② ⑤ ⑥	( )
4.	① ④ ⑤ ⑥　　② ③	( )

单元综合练习

错解题改正训练

【题目】 分一分。

 ① ② ③

 ④ ⑤ ⑥

错解：第一种分法：（①②③）（④⑤⑥）

第二种分法：（②⑤）（①③④）

第三种分法：（①④）（②⑤）（③⑥）

正解：第一种分法：（　　　）（　　　）

第二种分法：（　　　）（　　　）

第三种分法：（　　）（　　）（　　）

易错题分类练习

一、易错辨析题

 把每行中不同类的找出来，在（ ）里画"√"。

1.

（ ） （ ） （ ） （ ）

2.

（ ） （ ） （ ） （ ）

3.

（ ） （ ） （ ） （ ）

二、易错连线题

植物　　　动物

三、易错操作题

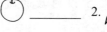 给下面的物品画一个同类的。

1. _____　　2. _____

3. _____　　4. _____

四、易错应用题

周末，小明和爸爸、妈妈去商场购物，小明发现商品都是分类摆放的。

```
            商场示意图
1F：儿童用品　文化用品
2F：女装　女鞋　　3F：男装　男鞋
4F：钟表　首饰　　5F：家用电器
6F：美食坊　儿童乐园
```

1. 小明想买水彩笔和削笔器应去（　　）楼。

2. 爸爸想买一块手表，应去（　　）楼。

3. 妈妈想买一件上衣应去（　　）楼。

她还想给小明的爷爷、外公买鞋应去（　　）楼。

六、10以内的加减法

知识点清单

1. 加法的含义及5以内数的加法计算。

把两个数合并在一起,求一共是多少,要用加法计算。

2. 减法的含义及5以内数的减法计算。

减法的含义就是从总数里去掉一部分,求剩下的部分。

3. 10以内数的加、减法计算;得数是0的减法;6,7的加减法;8,9的加减法;10的加减法。

4. 连加、连减与加减混合运算。

5. 解决问题。

易错点警示

易错点一 一共有几个苹果?

警示:求一共有几个苹果,用加法计算,可列出4+1和1+4两个算式,4+1和1+4表示的意义相同,结果也应该相同,千万不要算出不同的结果。

易错点二 摆一摆,算一算。

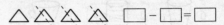

警示:有4个△,划去3个,还剩1个。求从总数里去掉一部分,还剩多少,用减法计算。列减法算式时,划去了几个就应减去几,算式应是4-3=1,千万不能列成4-1=3。

易错点三 看图列式计算。

警示:两盘苹果共8个,左边一盘有3个,求右边一盘有几个,就是把8分成了两部分,用减法计算。写算式时应注意被减数是总数8个,减数是左边一盘的3个,算式是8-3=5,千万不要写成8-5=3。

易错点四 7+3-4=?

警示:加法和减法在一起时,应按从左往右的顺序计算,先算7+3=10,再算10-4=6,千万不能先算3+4=7,再算7-7=0。

易错点五 看图列出四道有联系的算式。(两道加法,两道减法)

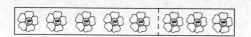

警示: 要看清图意:虚线的左边有5朵花,虚线的右边有3朵花,列出加法算式5+3=8,3+5=8,列减法算式时千万不要列成5-3=2,5-2=3,而应列成8-3=5,8-5=3才符合题目的要求。

 易错点题例

 题例1

小明手上还有几个气球?

错解✗ 5+0=5(个)或5-0=5(个)

错误原因分析 没有认真看图,或者没有认真读题。

解题思路点拨 仔细看图,在第一幅图中,小明手上有5个气球,而在第二幅图中,这5个气球飞了,已经不在小明的手上了,所以求小明手上还有几个气球用减法算,但减数应该是飞走的5个气球,因此算式是5-5=0(个)。

正解✓ 5-5=0(个)

变式小练习1

(1)

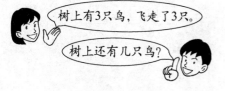

树上有3只鸟,飞走了3只。

树上还有几只鸟?

---

(2) 妈妈买回8个苹果,吃了5个,还剩几个?

 题例2 看图列式计算。

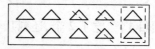

错解✗ 5-3-2=0

错误原因分析 没有正确理解图意,题中的总数是多少没有弄清楚。

解题思路点拨 先要认真看图,图中一共有10个△,第一次去掉3个,第二次又去掉2个,求还有几个△,用减法计算,总数10作被减数。没有被划掉的5个△是差,不是被减数。

正解✓ 10-3-2=5

变式小练习2

1.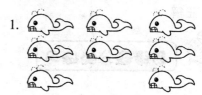

一共有几只?

2. 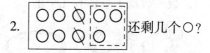 还剩几个○?

3. 树上有7只小鸟,飞走了2只,又飞来4只,现在树上有几只小鸟?

1. 得数在5以内的加法

【题目1】 吃了2个,还剩几个?

错解:$2 + 3 = 5$

正解:

【题目2】 看图列式计算。

错解:$4 + 1 = 5$

正解:

【题目3】 $3 + 0 = 0$ $4 - 0 = 0$

这样计算正确吗?

错解:正确

正解:

 易错题分类练习

一、易错填空题

1. 数一数盘子里各有几个桃。

( )   ( )   ( )

2. 比一比,在○里填上">"、"<"或
"="。

$1 + 1 ○ 4$ $2 + 1 ○ 3$

$5 ○ 2 + 2$ $1 + 2 ○ 5$

$3 + 1 ○ 2$ $4 ○ 4 + 0$

$5 + 0 ○ 3 + 2$ $1 + 4 ○ 5$

二、易错连线题

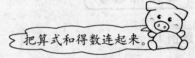
把算式和得数连起来。

1. | 3 + 0 | 2 + 2 | 4 + 1 | 1 + 1 |

④   ⑤   ②   ③

2. | 3 + 1 | 2 + 0 | 2 + 3 | 1 + 0 |

②   ⑤   ①   ④

三、易错应用题

1. 看图写出另一道加法算式。

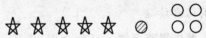

| 2 | + | 3 | = | □ | | 1 | + | 4 | = | □ |

| □ | + | □ | = | □ | | □ | + | □ | = | □ |

2.

一共有几辆车?

□ + □ = □

3. 树上有2只猴子,树下有3只猴
子,一共有几只猴子?

□ + □ = □

2. 得数在5以内的减法

【题目1】 看图列算式。

$\square - \square = \square$

错解：$3 - 2 = 1$

正解：

【题目2】 计算 $4 - 1 = \square$。

错解：$4 - 1 = 5$

正解：

【题目3】 看图写算式。

△ △ △ △

$\square \bigcirc \square = \square$

错解：$3 + 1 = 4$

正解：

一、易错计算题

1. 小狗回家。

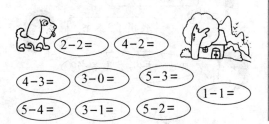

2 - 2 =　4 - 2 =

4 - 3 =　3 - 0 =　5 - 3 =

1 - 1 =

5 - 4 =　3 - 1 =　5 - 2 =

---

2. 我算得又对又快。

$3 - 1 =$　　$5 - 0 =$

$4 - 3 =$　　$2 - 1 =$

$3 - 2 =$　　$5 - 4 =$

$4 - 1 =$　　$2 - 2 =$

二、易错填空题

$4 - \square = 2$　　$2 - \square = 1$

$5 - \square = 5$　　$3 - \square = 2$

$4 - \square = 1$　　$5 - \square = 3$

$2 - \square = 0$　　$3 - \square = 1$

三、易错连线题

① ⓪ ③ ④

四、易错应用题

1. 看图写算式。

(1) $\square \bigcirc \square = \square$

(2)

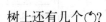 树上还有几个🍎?

$\square \bigcirc \square = \square$

2. 小猫钓了5条鱼，吃了3条，还剩几条鱼?

$\square \bigcirc \square = \square$

27

3. 得数在5以内的加减法

【题目1】 填一填。

$4 - \square = 1$ $0 + \square = 4$

$5 - \square = 5$ $2 - \square = 1$

错解：$4 - \boxed{5} = 1$ $0 + \boxed{4} = 4$

$5 - \boxed{5} = 5$ $2 - \boxed{3} = 1$

正解：

【题目2】 在○里填上"＞"、"＜"或"＝"。

$3 + 2 \bigcirc 1$ $5 - 2 \bigcirc 3$

$4 - 4 \bigcirc 0$ $4 - 2 \bigcirc 3$

错解：$3 + 2 \boxed{<} 1$ $5 - 2 \boxed{=} 3$

$4 - 4 \boxed{>} 0$ $4 - 2 \boxed{>} 3$

正解：

 易错题分类练习

一、易错计算题

1. 夺红旗。

（1）

$5 - 0 =$
$2 + 3 =$
$4 + 1 =$
$4 - 1 =$
$0 + 4 =$
$3 + 2 =$

（2）

$3 - 2 =$
$1 + 2 =$
$2 + 2 =$
$5 - 3 =$
$4 - 4 =$
$5 - 1 =$

2. 小动物回家。

（1） （2） （3）

$4 - 1 =$	$2 + 2 =$	$5 - 5 =$
$3 + 2 =$	$4 - 3 =$	$4 - 0 =$
$5 - 1 =$	$5 - 0 =$	$3 + 1 =$
$4 - 2 =$	$1 + 2 =$	$2 + 0 =$

二、易错填空题

在○里填上"＋"或"－"。

$5 \bigcirc 3 = 2$ $3 \bigcirc 2 = 5$

$4 \bigcirc 2 = 2$ $0 \bigcirc 5 = 5$

$3 \bigcirc 1 = 4$ $5 \bigcirc 5 = 0$

三、易错应用题

1. 妈妈买回5个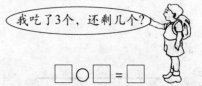。

我吃了3个，还剩几个？

$\boxed{} \bigcirc \boxed{} = \boxed{}$

2. 我昨天得了2朵红花，今天又得了2朵红花，一共得了几朵红花？

$\boxed{} \bigcirc \boxed{} = \boxed{}$

3. 给舟曲小朋友捐书。

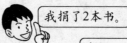 我捐了2本书。

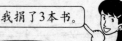 我捐了3本书。

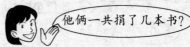 他俩一共捐了几本书？

$\boxed{} \bigcirc \boxed{} = \boxed{}$

4. 有关6,7的加减法及应用

错解题改正训练

【题目1】 看图列式计算。

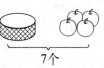

$\square - \square = \square$

$\square - \square = \square$

错解：$\boxed{6} - \boxed{4} = \boxed{2}$

$\boxed{4} - \boxed{2} = \boxed{2}$

正解：

【题目2】

7个

筐里有几个苹果?

错解：$7 - 4 = 2$(个)

正解：

易错题分类练习

一、易错计算题

看谁算得又对又快。

1. $7 - 0 =$
   $6 - 3 =$
   $7 - 1 =$
   $6 + 0 =$
   $0 + 7 =$
   $7 - 6 =$

2. $2 + 5 =$
   $1 + 4 =$
   $2 + 4 =$
   $7 - 2 =$
   $7 - 7 =$
   $6 + 1 =$

$6 - 1 =$ $1 + 5 =$

$3 + 3 =$ $5 - 4 =$

二、易错连线题

1. $3 + 4$ $4 + 2$ $6 - 4$ $7 - 4$

3   6   7   2

2. 5   3   6   7

$6 + 1$ $7 - 2$ $0 + 6$ $6 - 3$

三、易错填空题

1. 在○里填上">"、"<"或"="。

2○6   5○7

7○7   6○4

6○7   7○5

2. 在○里填上"+"或"-"。

$7○2 = 5$ $6○1 = 7$

$5○1 = 6$ $6○2 = 4$

$4○3 = 7$ $1○4 = 5$

3. 在□里填上合适的数。

$5 + \square = 6$ $7 - \square = 4$

$\square + 2 = 7$ $6 - \square = 3$

四、易错应用题

小明有7颗糖,准备和弟弟分着吃,有几种不同的分法?

分给弟弟	1					
自己还有						

29

5. 有关8,9的加减法及应用

【题目1】 看图写算式。

(1) 　(2)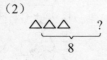

□○□ = □　　□○□ = □

错解：1. $6 \ominus 3 = 3$

　　　2. $3 \oplus 5 = 8$

正解：

【题目2】 把1,5,4,2四个数填在○里,使每条直线上的数相加都得9。

错解：

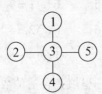

正解：

易错题分类练习

一、易错填空题

1.
10	8		4	

2.
		7		9

3. 在 3,6,9,4,8 中,最大的数是( ),最小的数是( )。

4. 在( )里填上合适的数。

$4 + (\quad) = 9$　　　$8 - (\quad) = 5$

(　) $+ 5 = 8$　　　(　) $- 6 = 3$

$7 + (\quad) = 9$　　　$2 + (\quad) = 8$

$9 - (\quad) = 5$　　　$1 + (\quad) = 8$

5. 比大小。

$3 \bigcirc 7$　　　　　$2 + 3 \bigcirc 5$

$6 \bigcirc 5$　　　　　$8 + 0 \bigcirc 9$

$0 \bigcirc 1$　　　　　$9 - 2 \bigcirc 6$

二、易错计算题

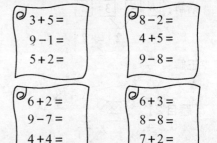

$3 + 5 =$　　　　$8 - 2 =$
$9 - 1 =$　　　　$4 + 5 =$
$5 + 2 =$　　　　$9 - 8 =$

$6 + 2 =$　　　　$6 + 3 =$
$9 - 7 =$　　　　$8 - 8 =$
$4 + 4 =$　　　　$7 + 2 =$

三、易错应用题

1.

我钓了3条鱼。

我钓了6条鱼。

它们一共钓了几条鱼?

□○□ = □

2.

开走?辆

8辆

□○□ = □

6. 10的加减法及应用

错解题改正训练

【题目1】 想一想,填一填。

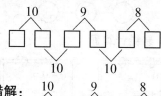

错解:

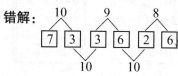

正解:

【题目2】 填一填。

(1) 1,3,5,(　　),(　　);

(2) 0,2,4,(　　),(　　),(　　)。

错解:(1) 1,3,5,(6),(7);

(2) 0,2,4,(5),(6),(7)。

正解:

易错题分类练习

一、易错计算题

1. $10 - 8 =$ 2. $6 + 4 =$

$9 - 7 =$ $9 + 1 =$

$5 + 2 =$ $10 - 7 =$

$3 + 7 =$ $10 - 10 =$

$5 + 5 =$ $7 - 3 =$

$10 - 1 =$ $2 + 8 =$

$10 - 9 =$ $10 - 6 =$

二、易错填空题

1. 在括号里填上"$>$"、"$<$"或"$=$"。

$9 \bigcirc 10$ $3 + 5 \bigcirc 10 - 1$

$10 \bigcirc 7$ $8 + 2 \bigcirc 7 + 3$

$8 \bigcirc 10$ $10 - 3 \bigcirc 9 - 2$

2. 在(　)里填上合适的数。

$7 + (\quad) = 10$ $(\quad) + 6 = 8$

$9 - (\quad) = 7$ $4 + (\quad) = 10$

$10 - (\quad) = 4$ $10 - (\quad) = 7$

$(\quad) - 6 = 4$ $(\quad) + 3 = 10$

三、易错选择题

在正确的答案上面画"√"。

1. $10 - 9 =$ [0 | 1 | 2]

2. $6 + 3 =$ [9 | 8 | 10]

3. $1 + $ [7 | 8 | 9] $= 10$

4. $10 - $ [4 | 5 | 6] $= 6$

四、易错应用题

1.

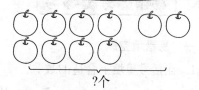
看图列式计算,你是最棒的!

?个

□ ○ □ = □

2.

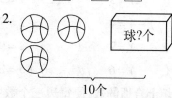
球?个

10个

□ ○ □ = □

31

7. 10以内的加减法及应用

错解题改正训练

【题目1】 填一填。

10,8,(　　),(　　),2,0

错解:10,8,(7),(3),2,0

正解:

【题目2】 比大小。

6 + 2 ○ 8 − 2　　9 − 7 ○ 6 − 1

错解:6 + 2 = 8 − 2　　9 − 7 > 6 − 1 1

正解:

【题目3】

 有(　　)个, 有(　　)个,一共有(　　)个,列式为(　　　　)。

错解: 有(4)个, 有(3)个,一共有(7),列式为(4 + 3 = 7)。

正解:

易错题分类练习

一、易错填空题

1. 在括号里填上合适的数。

4 + (　　) = 7　　6 + (　　) = 10

2 + (　　) = 5　　3 + (　　) = 9

(　　) − 4 = 4　　(　　) − 2 = 7

1 + (　　) = 7　　(　　) + 2 = 9

4 + (　　) = 6　　(　　) + 5 = 8

2. 填上合适的数,使每边三个数的和等于10。

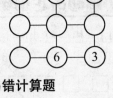

二、易错计算题

10 − 2 =
2 + 8 =
6 + 3 =
10 − 7 =

0 + 9 =
9 − 2 =
10 − 4 =
3 + 4 =

三、易错应用题

1. 做操。

(1)

从前边数我排第6,从后边数我排第4。

这一队共有多少人?

(2) 10人站成一队。

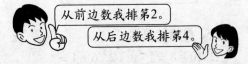

从前边数我排第2。

从后边数我排第4。

他俩之间有几人?

2. 小明坐公共汽车上学,车上有10人。到站后下去了6人,这时车上还有多少人?

8. 连加及应用

错解题改正训练

【题目1】 计算 $4+2+3$。

错解：$4+2+3=10$

正解：

【题目2】 看图列式计算。

错解：$5-3+4=6$

正解：

易错题分类练习

一、易错计算题

1. 计算演练板。

$3+4+1=$	$2+2+4=$
$4+3+2=$	$6+4+0=$
$7+2+1=$	$8+1+1=$
$5+0+3=$	$2+5+1=$

2. 夺红旗。

$4+2+2=$	$7+1+2=$
$5+1+3=$	$8+0+2=$
$3+2+4=$	$1+9+0=$
$6+1+3=$	$2+1+5=$
$1+3+1=$	$6+1+2=$
$4+1+2=$	$5+2+2=$

二、易错填空题

1. 在○里填上"＞"、"＜"或"＝"。

$3+5○6+4$ $4+2○5+3$

$6+3+1○2+3+4$ $2+5+0○4+2+1$

2. 在( )里填上合适的数。

( )$+5=8$ $5+($)$=10$

$3+2+($)$=6$ $4+3+($)$=9$

三、易错判断题

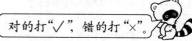

对的打"√"，错的打"×"。

$4+1+2=8($) $2+4+3=10($)

$1+3+3=6($) $8+0+1=9($)

四、易错应用题

1. 看图列式计算。

(1)
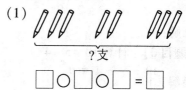

?支

□○□○□＝□

(2)
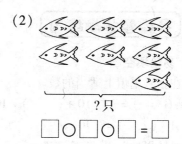

?只

□○□○□＝□

2.

车上有4个人。

又上来2个人。

上来了2个人。

现在车上有几个人?

□○□○□＝□

9. 连减及应用

【题目1】 10−6−2＝6 计算对了吗?

错解: 对

正解:

【题目2】 看图列式计算。

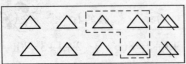

错解: (1) 5−3−2＝0

(2) 10−3+2＝9

正解:

【题目3】 计算 10−5−4

错解:
$$10 - 5 - 4 = 9$$

正解:

易错题分类练习

一、易错填空题

1. 在括号里填上适当的数。

10−( )＝7   10+( )＝10

10−1−( )＝7   10−9−( )＝0

2. 在○里填" > "、" < "或" = "。

10−2−3○4   7−2−5○2

8−4−1○3   9−4−2○6

5−2−1○0   8−2−6○1

10−7−1○2   6−1−2○5

3. 把下面各数从小到大排一排。

7 5 4 9 10 8

( ) < ( ) < ( ) <

( ) < ( ) < ( )

二、易错判断题

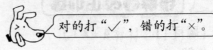
对的打"√",错的打"×"。

9−4−5＝0( )

10−2−3＝8( )

8−1−2＝9( )

7−5−1＝1( )

三、易错计算题

1. 计算演练板。

9−4−3＝	10−2−7＝
10−6−2＝	8−0−6＝
8−5−2＝	7−2−1＝
5−1−2＝	6−4−0＝

2. 摘星星。

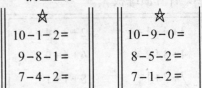

★	★
10−1−2＝	10−9−0＝
9−8−1＝	8−5−2＝
7−4−2＝	7−1−2＝

四、易错应用题

1.

我拔了9个萝卜。 吃了2个又吃了4个。

还剩几个萝卜?…

□○□○□＝□

2.

我有10颗糖,分给小明3颗,分给小红4颗。

小兰   小兰还有几颗糖?

□○□○□＝□

10. 加减混合及应用

错解题改正训练

【题目1】 计算 $4+3-2$。

错解：$4+3-2=9$

正解：

【题目2】 看图列式计算。

错解：(1) $4-4+3=0$

　　　　(2) $8-4+3=1$

正解：

易错题分类练习

一、易错填空题

1. 在( )里填上合适的数。

　　$7-(\quad)+5=5$

　　$8-6-(\quad)=0$

　　$6+(\quad)+1=8$

　　$(\quad)+2-6=3$

2.

$9-7+1 \bigcirc 3$　　$6+3-2 \bigcirc 6$

$10-2-8 \bigcirc 0$　　$4-1+7 \bigcirc 8$

$3+5 \bigcirc 4+6$　　$4+3 \bigcirc 10-3$

$4+2 \bigcirc 3+5$　　$7-6 \bigcirc 8-2$

$10-2-3 \bigcirc 1+2+3$　　$9+1-2 \bigcirc 2+1+1$

二、易错计算题

$10-8+7=$　　　　$7+2-5=$

$9-4+5=$　　　　$4+5-8=$

$5-3+4=$　　　　$2+6-4=$

$8+2-7=$　　　　$6-3+6=$

三、易错连线题

1. 找座位。

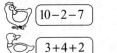

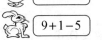

2. 吃萝卜。

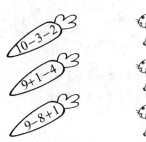

四、易错应用题

我给你买了6本书。

我给你买了4本书。

爸爸

妈妈

谢谢爸爸、妈妈，我把这些书捐7本给舟曲灾区的小朋友。

小明

小明还剩几本书？

□ ○ □ ○ □ = □

11. 解 决 问 题

 错解题改正训练

【题目1】 看图写算式。

□○□○□ = □

错解: (1) $3 - 3 + 2 = 2$

(2) $3 + 3 + 2 = 8$

正解:

【题目2】 看图写算式。

□○□○□ = □

错解: (1) $5 + 2 - 3 = 10$

(2) $5 + 4 - 3 = 6$

正解:

 易错题分类练习

一、易错图画应用题

1. 看图列式计算。

?个

□○□○□ = □

2.

$6 - $ □○□ = □

3.

$7 - $ □○□ = □

二、易错图文应用题

1. 猜一猜,房子后面有几棵🍎?

10棵🍎

□○□○□ = □

2. 一共有 9 个胡萝卜。

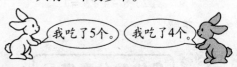

我吃了5个。 我吃了4个。

还剩几个胡萝卜?

□○□○□ = □

3. 排队做操。

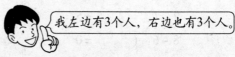

我左边有3个人,右边也有3个人。

这一排一共有多少人?

□○□○□ = □

4.

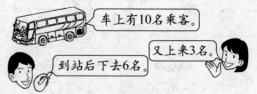

车上有10名乘客。

又上来3名。

到站后下去6名。

现在车上有多少名乘客?

□○□○□ = □

单元综合练习(1)

错解题改正训练

【题目1】 填一填。

(1) 2 + 3 + (   ) = 7

(2) 10 - 7 + (   ) = 8

(3) 9 - 1 - (   ) = 4

错解：(1) 2 + 3 + (8) = 7

      (2) 10 - 7 + (9) = 8

      (3) 9 - 1 - (6) = 4

正解：

【题目2】 在○里填 ">"、"<" 或 "="。

1 + 7 - 4 ○ 5   8 - 6 + 4 ○ 6

4 + 2 - 3 ○ 7   8 - 4 + 6 ○ 6

错解： 1+7-4 ⊘ 5   8-6+4 ⊘ 6

4+2-3 ⊘ 7   8-4+6 = 6

正解：

易错题分类练习

一、易错计算题

1. 开火车。

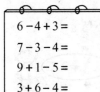

(1) 10 →[-4]→ □ →[-2]→ □ →[+3]→ □ →[-7]→ □

(2) 9 →[+1]→ □ →[-5]→ □ →[+2]→ □ →[-6]→ □

2. 计算演练板。

6 - 4 + 3 =	5 + 2 + 3 =
7 - 3 - 4 =	6 - 4 + 5 =
9 + 1 - 5 =	7 - 2 + 1 =
3 + 6 - 4 =	1 + 2 + 6 =

二、易错填空题

1.

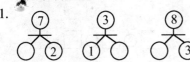

（7/2）　（3/1）　（8/3）

（3/6）　（2/4）　（1/6）

2. 在○里填上 ">"、"<" 或 "="。

5 ○ 5   4 - 3 + 2 ○ 6

9 ○ 4   3 + 6 + 1 ○ 10

6 ○ 7   10 - 1 - 8 ○ 2

三、易错判断题(对的打"√",错的打"×")

9 - 4 - 5 = 0(   )   10 - 6 - 2 = 2(   )

8 - 4 - 2 = 4(   )   7 - 5 - 2 = 4(   )

4 + 5 - 2 = 7(   )   8 - 3 + 2 = 3(   )

四、易错应用题

1.

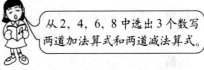

从 2, 4, 6, 8 中选出 3 个数写两道加法算式和两道减法算式。

(   ) + (   ) = (   )

(   ) + (   ) = (   )

(   ) - (   ) = (   )

(   ) - (   ) = (   )

2.

我今年 8 岁。　我今年 4 岁。

再过 3 年,他俩相差几岁?

3. 家里有 4 个苹果,妈妈又买回 5 个苹果,晚饭后,一家人吃了 6 个苹果,现在家里还有几个苹果?

单元综合练习(2)

 错解题改正训练

【题目1】 (1)小明有8支铅笔,小刚有2支铅笔,一共有几支铅笔?

(2)小明比小刚多几支铅笔?

(3)小刚比小明少几支铅笔?

错解:(1) 8 + 2 = 10(支)

(2) 10 - 2 = 8(支)

(3) 10 - 8 = 2(支)

正解:

【题目2】 在○里填上"+"或"-"。

(1) 7○2 = 5　　(2) 6○2○1 = 9

(3) 8○4 = 4　　(4) 10○7○2 = 1

错解:(1) 7⊕2 = 5　　(2) 6⊕2⊖1 = 9

(3) 8⊖4 = 4　　(4) 10⊖7⊕2 = 1

正解:

 易错题分类练习

一、易错填空题。

1. 看图填一填。

△△△△△△

○○○○○○○○○○

☆☆☆☆☆

△比○少( )个,( )<( );

○比☆多( )个,( )>( )。

2. 在○里填">"、"<"或"="。

6 + 4○6 - 4　　1 + 9○2 + 7

6 - 6○7 - 7　　9 - 3○8 + 1

二、易错计算题

1. 我算得又对又快。

2 + 3 =　　　5 - 3 =　　　4 + 1 =

2 + 6 =　　　7 + 1 =　　　9 - 5 =

4 + 0 =　　　8 - 3 =　　　10 - 2 =

2. 计算演练板。

5 - 2 + 6 =	6 + 2 - 4 =
3 + 2 + 4 =	8 - 5 + 2 =
10 - 2 - 3 =	9 + 1 - 7 =
8 + 1 - 6 =	10 - 6 + 5 =
7 - 4 - 3 =	9 + 1 - 10 =

三、易错应用题

1.

□○□ = □

2.

□○□○□ = □

3. 树上有9只小鸟。

现在树上有几只小鸟?

□○□○□ = □

38

七、11～20各数的认识

知识点清单

1. 认识、会读、会写11～20各数;

2. 知道11～20各数的顺序;

3. 会比较11～20各数的大小;

4. 掌握11～20各数的组成;

5. 认识"十位""个位"和"十进制";

6. 会口算"10加几"的加法及相应的减法。

易错点警示

易错点一 写数。

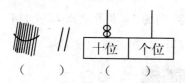

十位	个位
( )	( )

(   )

警示:1. 1个"十"和2个"一"合起来是12,千万不要写成102。

2. 十位上有2粒珠子,应在十位上写2,个位上没有珠子,应在个位上写"0"占位,如果不写"0","20"就变成了"2"。

易错点二 $10 + 7 = \boxed{}$

警示:计算时要分清十位和个位,7只能和个位上的0相加,千万不要和十位

上的1相加。得数是17。

易错点三 $16 - 1 = \boxed{}$。

题中是减去1个1,因此是用个位上的"6"去减,而不要用十位上的"1"去减,得数是15而不是6。

易错点题例

题例1 从8数起,第五个数是(   ),9后面的第七个数是(   )。

错解× 从8数起,第五个数是(13),9后面的第七个数是(15)。

错误原因分析 没有读懂题意,从8数起,应数8;9后面的第七个数不包括9。

解题思路点拨 "从8数起",说明要把8算在内。"8"是第一个数,再接着往后数四个数,依次是9,10,11,12,所以从8数起,第五个数是12。

"9后面的第七个数",说明9是不算在内的,应从9后面的10开始数起,依次数出七个数:10,11,12,13,14,15,16。因此9后面的第七个数是16。

这类题是数列排序,很容易出错。关键要弄清从哪个数开始数起。

正解 ✓ 从 8 数起,第五个数是 (12),9 后面的第七个数是(16)。

变式小练习1

(1) 从 10 数起,第八个数是( )。

(2) 19 前面的一个数是( ),后面的一个数是( )。

(3) 14 后面的第三个数是( )。

(4) 18 里面有( )个十和( )个一。

题例2 "11"这个数十位上的"1"和个位上的"1"表示的意义相同吗?

错解 ✗ 相同

错误原因分析

没有理解数位的意义。"11"这个数十位上的"1"表示 1 个十,个位上的"1"表示 1 个一。

解题思路点拨

任何一个数在不同的数位上所表示的意义都是不同的,要知道一个数表示的意义先要看它在什么位上,在十位上就表示几个十,在个位上就表示几个一。

正解 ✓ 表示的意义不同,十位上的"1"表示 1 个十,个位上的"1"表示 1 个一。

变式小练习2

(1) "12"这个数十位上的"1"表示( ),个位上的"2"表示( )。

(2) 1 个十和 4 个一组成( )。

(3) 一个数个位上是 5,十位上是 1,这个数是( )。

(4) 一个数的十位上是 1,个位上的数比十位上的数多 6,这个数是( )。

题例3 在○里填" > "、" < "或" = "。

$$14 - 3 \bigcirc 17$$

错解:$14 - 3 = 17$

错误原因分析 没有认真读题,因为○后面是 17,就以为前面是 $14 + 3 = 17$,因此在○里填了" = "。

解题思路点拨 比较大小的题中,如果两个数比大小,就根据数的顺序思考,确定谁大谁小。

如果"○"的一边或者两边有算式,一般先计算出算式的结果,再比较两个得数的大小。

像这一题也可以不计算,就可以比出结果了,因为 14 本身就比 17 小,14 - 3 以后就更小了,因此可以直接填" < "。

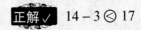 **正解** ✓ $14 - 3 < 17$

变式小练习3

在○里填" > "、" < "或" = "。

$14 + 0 \bigcirc 14 - 0$ $15 + 5 \bigcirc 15 - 5$

$13 - 2 \bigcirc 10 + 1$ $10 + 10 \bigcirc 13 + 2$

$17 - 5 \bigcirc 12 + 1$ $16 - 3 \bigcirc 19 - 1$

1. 11 ~ 20 各数的认识

错解题改正训练

【题目1】 写数。

(1)   (2)

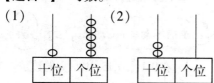

十位	个位

十位	个位

错解：(1) 105   (2) 2

正解：

【题目2】 5个一和1个十组成的数是(   )。

错解：51

正解：

【题目3】 8后面的第四个数是(   )。

错解：11

正解：

【题目4】 从11数起,第六个数是(   )。

错解：17

正解：

易错题分类练习

一、易错填空题

1.

12			15			19	

2. 1个十和3个一组成(   )。

3. 5个一和1个十组成(   )。

4. 1个十和7个一组成(   )。

5. 2个十组成(   )。

6. 一个数个位上是8,十位上是1,这个数是(   )。

7. 17后面的三个数是(   )、(   )、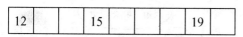(   )。

8. 在○里填">"、"<"或"="。

14○17   18○15   16○16

13○10   2○20   18○19

二、易错判断题

1. 十九写作109。(   )

2. 二十写作20。(   )

3. 18 的个位上是8,十位上是1。(   )

4. 12 的十位上是2,个位上是1。(   )

三、易错连线题

把相等的数用线连起来

十九   九   二十   二

9   19   2   20

四、易错思维题

1. 找规律填数。

(1) 1 3 5 7 (   ) (   ) 13

(2) 20 18 16 (   ) (   ) 10

(3) 0 3 6 9 (   ) (   ) 18

2. 猜数游戏。

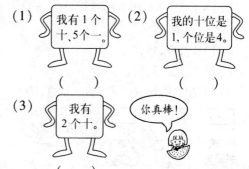

(1) 我有 1 个十,5 个一。   (2) 我的十位是1,个位是4。

(   )   (   )

(3) 我有 2 个十。   你真棒!

(   )

2. 10 加几及相应的减法

错解题改正训练

【题目1】 $12 + 1 = 22$ 对吗?

错解:对

正解:

【题目2】 在 9,11,15,18 中,最小的数是( )。

  A. 11   B. 9   C. 18

错解:A

正解:

【题目3】 共有几个☆?

☆☆☆☆☆☆☆   ☆☆
☆☆☆☆☆☆☆   ☆☆

            ? 个

  ☐ + ☐ = ☐

错解:$12 + 4 = 52$

正解:

易错题分类练习

一、易错填空题

1. 在( )里填上合适的数。

$10 + ($ $) = 14$ $13 - ($ $) = 10$

$($ $) + 10 = 15$ $11 + ($ $) = 17$

$19 - ($ $) = 9$ $12 + ($ $) = 15$

$14 + ($ $) = 18$ $16 - ($ $) = 11$

2. 找规律填空。

(1) 19,17,15,( ),( ),9

(2) 1,1,2,3,5,( )

(3) 20,18,16,( ),( ),10

3.

    填在哪里?

$19 - 10 ○ 7$ $12 + 1 ○ 15$
$20 ○ 10 + 8$ $12 - 1 ○ 10 + 1$

二、易错选择题

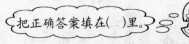
把正确答案填在( )里。

1. 在 9,11,20,15 中,最大的数是( )。

  A. 9   B. 20   C. 15

2. $16 + 3 - 10 = ($ $)$。

  A. 19   B. 10   C. 9

3. $17 + ($ $) = 19$。

  A. 2   B. 1   C. 0

三、易错连线题

1.

10+7	12−10	8+10	16−5

⑱   ⑰   ⑪   ②

2.

15−4	3+10	16−10	10+10

⑬   ⑳   ⑪   ⑥

四、易错应用题

1.

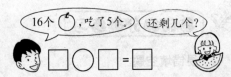

  ☐ ○ ☐ = ☐

2.

  小明

小花给小明( )块饼干,他俩的饼干就一样多。

单元综合练习

错解题改正训练

【题目1】 11是一位数,对吗?
错解:对
正解:

【题目2】 在9到14之间有( )个数。
错解:6
正解:

【题目3】 看图列算式。

?根
15根   □ ○ □ = □(根)

错解:10 + 5 = 15(根)
正解:

易错题分类练习

一、易错填空题

1. 一个两位数,从右边起第一位是( )位,第二位是( )位。

2. 比17少2的数是( )。

3. 比14多5的数是( )。

4. 9个一和一个十组成的数是( )。

5. 10比16少( ),14比12多( )。

6. 9是( )位数,19是( )位数。

7. 最大的一位数是( )。

8. 填数。

(1) ⑭ ○ ○ ○ 17 ○ ○ ○ 20
(2) ( ),16,( ),( ),13。

二、易错选择题

1. 12读作( )。

A. 一二   B. 二一   C. 十二

2. 13后面的第四个数是( )。

A. 16   B. 17   C. 18

3. 从7数起,第五个数是( )。

A. 11   B. 10   C. 12

4. 比2个十少1个十的数是( )。

A. 20   B. 10   C. 0

三、易错计算题

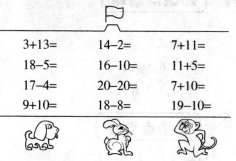

3+13=   14−2=   7+11=

18−5=   16−10=   11+5=

17−4=   20−20=   7+10=

9+10=   18−8=   19−10=

四、易错应用题

1.

同学们要做15道口算题。

我已经做了10道。

小明

小明还要做几道口算题?
□ ○ □ = □(道)

2.

第一组捐了10本书。

舟曲县受灾了,我们来捐书。

第二组也捐了10本书。

两个组一共捐了多少本书?
□ ○ □ = □(本)

八、20以内的进位加法

知识点清单

1. 9加几；
2. 8,7,6加几；
3. 5,4,3,2加几。

易错点警示

易错点一 $9 + 7 = \boxed{}$

警示：计算20以内的进位加法最常用的是"凑十"法。计算9加几，要熟练正确地掌握数的分解，一般是把另一个数分成1和几，用"1"与"9"凑成10。

易错点二 $4 + 9 = 9 + \boxed{}$

警示：这类题要正确理解题目的含义：等号左边两数的和与等号右边两数的和相等。左边的加数是4和9，右边有一个加数9，那么另一个加数就只能是4了。只有交换两个加数的位置，和才能相等，千万不能把左边两数的和填入$\boxed{}$内。

易错点题例

题例 $5 + 8 = \boxed{}$

错解：
$$5 + 8 = 14$$
$$\underset{10}{\underbrace{}}\overset{5\quad4}{\wedge}$$

错误原因分析 应用"凑十"法计算5+8，折大数8，把5凑成10，把8分成5和几时，由于对8的组成不熟练，出现了8分成5和4的错误。

解题思路点拨 如果采用"拆小数、凑大数"的方法，可以降低难度，减少出错。但不管拆哪个数，都要把数准确地拆成两部分。

另外前面我们已经在"8加几"里学习过 $8 + 5 = 13$，$5 + 8$只是把两个加数交换了位置，和还是13，因此可借助已学的知识来算。

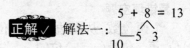

正解✓ 解法一：
$$5 + 8 = 13$$
$$\underset{10}{\underbrace{}}\overset{5\quad3}{\wedge}$$

解法二：
$$5 + 8 = 13$$
$$\overset{3\quad2}{\wedge}\underset{10}{\underbrace{}}$$

解法三：想 $8 + 5 = 13$

所以 $5 + 8 = 13$

变式小练习

1. 填一填。

$$\overset{9}{\wedge} \qquad \overset{8}{\wedge} \qquad \overset{7}{\wedge} \qquad \overset{9}{\wedge}$$
$$4\ (\ ) \qquad 2\ (\ ) \qquad (\ )\ 1 \qquad (\ )\ (\ )$$

2. 计算下面各题。

$9 + 3 =$ $8 + 6 =$

$7 + 5 =$ $5 + 9 =$

1. 9 加几 (1)

 错解题改正训练

【题目1】
$$9 + 8 = 18$$
$$\underset{10}{\llcorner}\quad\overset{}{\underset{1\ 7}{\wedge}}$$

这样计算正确吗?

错解:正确

正解:

【题目2】 春游。

从前往后数,我排在第9位,从后往前数,我也排在第9位。

这一队一共有多少人?

错解:$9 + 9 = 18$(人)

正解:

 易错题分类练习

一、易错计算题

1. 在 ☐ 中填上合适的数。

9 + 4 = ☐

9 + 5 = ☐

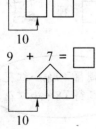

9 + 7 = ☐

9 + 6 = ☐

2.

+	9	1
2		
8		

+	9	4
3		
5		

3. 口算。

$9 + 7 =$ $9 + 5 =$ $9 - 7 =$

$9 + 4 =$ $9 - 3 =$ $9 - 6 =$

二、易错填空题

1. 在( )里填上合适的数。

$9 + (\ ) = 12$ $9 + (\ ) = 16$

$9 + (\ ) = 18$ $9 + (\ ) = 13$

$9 + (\ ) = 14$ $9 + (\ ) = 17$

2.

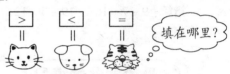

填在哪里?

$9 + 7 \bigcirc 15$ $9 + 5 \bigcirc 14$ $9 + 10 \bigcirc 20$

$18 \bigcirc 9 + 9$ $16 \bigcirc 9 + 4$ $9 + 2 \bigcirc 10$

三、易错应用题

1.

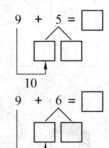

?只

☐ ○ ☐ = ☐ (只)

2. 水果店。

	🍊	🍓	🍌
水果店有	9箱	3箱	2箱
又运来	5箱	9箱	9箱
一共有	( )箱	( )箱	( )箱

2. 9加几 (2)

【题目1】 在○里填 ">"、"<"或"="。

$9+8 \bigcirc 1$ $9+2 \bigcirc 11$

错解：$9+8 = 1$ $9+2 < 11$

正解：

【题目2】 口算。

$9-7 =$ $9-3 =$

错解：$9-7=16$ $9-3=12$

正解：

一、易错填空题

1. 在 ⬜ 里填上合适的数。

$9+5 = 9 + \boxed{} + \boxed{} = \boxed{}$

$9+8 = 9 + \boxed{} + \boxed{} = \boxed{}$

$9+4 = 9 + \boxed{} + \boxed{} = \boxed{}$

$9+6 = 9 + \boxed{} + \boxed{} = \boxed{}$

$9+3 = 9 + \boxed{} + \boxed{} = \boxed{}$

$9+7 = 9 + \boxed{} + \boxed{} = \boxed{}$

2. 在( )里填上合适的数。

$(\quad)+7=16$ $(\quad)+5=14$

$6+(\quad)=8$ $9+(\quad)=9$

$9+(\quad)=18$ $10+(\quad)=16$

$(\quad)+6=15$ $8+(\quad)=9$

$(\quad)+1=11$ $6+(\quad)=9$

$9+(\quad)=11$ $10+(\quad)=12$

二、易错连线题

1. 小兔吃萝卜。

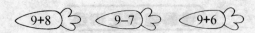

2. 开锁。

三、易错计算题

小树快快长。

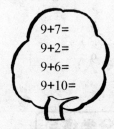
$9+7=$
$9+2=$
$9+6=$
$9+10=$

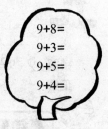
$9+8=$
$9+3=$
$9+5=$
$9+4=$

四、易错应用题

1. 盒子里原来有多少颗糖？

 我吃了5颗。

$\boxed{} \bigcirc \boxed{} = \boxed{}$ (颗)

2.

 我上周得了9朵小红花，这周又得了8朵小红花。

两周一共得了多少朵小红花？

$\boxed{} \bigcirc \boxed{} = \boxed{}$ (朵)

3. 8,7,6加几(1)

【题目1】 计算 8 + 5   7 − 6

错解：8 + 5 = 3   7 − 6 = 13

正解：

【题目2】 6 + 8 = □ + 9

错解：6 + 8 = 14 + 9

正解：

 易错题分类练习

一、易错填空题

1. ✿挡住了几？

6 + ✿ = 15   8 + ✿ = 14

7 + ✿ = 13   9 + ✿ = 12

✿ + 7 = 15   ✿ + 6 = 12

✿ + 8 = 11   ✿ + 7 = 11

2. 在○里填上" + "或" − "。

7 ○ 7 = 0   8 ○ 6 = 14   6 ○ 7 = 13

0 ○ 10 = 10   7 ○ 6 = 1   15 ○ 3 = 12

5 ○ 4 = 1   7 ○ 8 = 15

3. 填" > "、" < "或" = "。

7 + 8 ○ 16   6 + 8 ○ 14   6 + 5 ○ 10

8 + 5 ○ 12   7 + 9 ○ 15   7 + 7 ○ 15

9 + 6 ○ 14   7 + 6 ○ 13

二、易错计算题

1. 在□里填上合适的数。

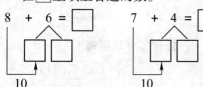

8 + 6 = □

7 + 4 = □

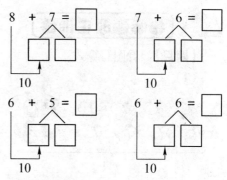

8 + 7 = □

7 + 6 = □

6 + 5 = □

6 + 6 = □

2. 孔雀开屏。

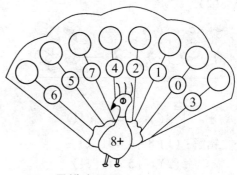

三、易错应用题

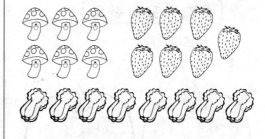

1. 蘑菇和草莓共有多少个？

□ ○ □ = □（个）

2. 白菜和草莓共有多少个？

□ ○ □ = □（个）

4. 8,7,6 加几 (2)

错解题改正训练

【题目】 看图写算式。

(1)

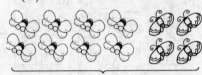

?只

□○□ = □（只）

(2)

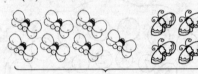

?只

□○□ = □（只）

错解：(1) 8 - 4 = 4（只）

　　　(2) 6 + 5 = 11（只）

正解：

易错题分类练习

一、易错填空题

1. 在○里填 " > "、" < "或" = "。

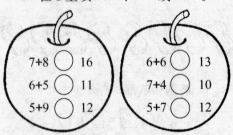

7+8 ○ 16	6+6 ○ 13
6+5 ○ 11	7+4 ○ 10
5+9 ○ 12	5+7 ○ 12

2. 在○里填 " + "或" - "。

5○8 = 13　　7○5 = 2

6○9 = 15　　8○6 = 14

7○5 = 12　　6○5 = 1

二、易错选择题

在正确答案的（ ）里填上" √ "。

1. 5 + 9 = $\begin{cases} 12(&) \\ 13(&) \\ 14(&) \end{cases}$　　2. 8 + 7 = $\begin{cases} 15(&) \\ 16(&) \\ 14(&) \end{cases}$

3. 7 + 6 = $\begin{cases} 11(&) \\ 12(&) \\ 13(&) \end{cases}$　　4. 6 + 5 = $\begin{cases} 12(&) \\ 13(&) \\ 11(&) \end{cases}$

三、易错计算题

1. 夺红旗。

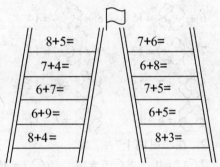

8+5=	7+6=
7+4=	6+8=
6+7=	7+5=
6+9=	6+5=
8+4=	8+3=

2. 小兔回家。

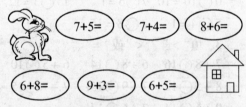

7+5=　　7+4=　　8+6=

6+8=　　9+3=　　6+5=

四、易错应用题

一共有多少只蝌蚪？

□○□ = □（只）

5. 5,4,3,2 加几 (1)

【题目1】 计算

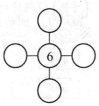

这样算对吗?

错解:不对

正解:

【题目2】 在○里填上 5,4,3,2 (每个数只能用一次),使横线和竖线上 3 个数的和相等。

错解:

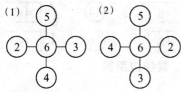

正解:

 易错题分类练习

一、易错计算题

1. 想一想,算一算。

8+5=
5+8=

6+5=
5+6=

7+4=
4+7=

9+3=
3+9=

2.

	6		
5 +	7	=	
	8		

	9		
4 +	8	=	
	7		

二、易错填空题

1.

 小雨点落在哪里?

4 +7 ○12   2 +9 ○11

3 +8 ○13   5 +8 ○12

2. ☆挡住了几?

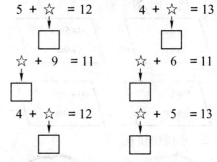

三、易错应用题

树上有( )个,
树下有( )个,
一共有( )个.

□○□=□(个)

6. 5,4,3,2 加几（2）

 错解题改正训练

【题目】 用 7,8,9,4,5,3 组成下面的算式（每个数只能用一次）

$\boxed{} + \boxed{} = 11$　$\boxed{} + \boxed{} = 12$

$\boxed{} + \boxed{} = 13$

小明是这样做的：

$\boxed{4} + \boxed{7} = 11$　$\boxed{3} + \boxed{9} = 12$

$\boxed{5} + \boxed{8} = 13$

他做得对吗？还有没有别的填法？如果有，请写出来。

错解：他做得对，没有别的填法。

正解：

 易错题分类练习

一、易错计算题

1. 比一比，算一算。

8+4=	9+5=
4+8=	5+9=

7+5=	9+2=
5+7=	2+9=

2. 小树快快长。

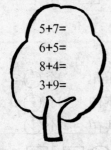

5+7=　　7+8=
6+5=　　4+9=
8+4=　　5+8=
3+9=　　2+9=

3. 鲜花盛开。

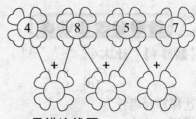

二、易错连线题

 两边的算式与中间的得数相连。

4+9	⑮	9+6
6+8	⑬	7+9
2+9	⑪	5+8
7+8	⑭	4+7
8+8	⑯	5+9

三、易错应用题

1.

?个

$\boxed{} \bigcirc \boxed{} = \boxed{}$（个）

2. 一(1)班有 4 块🏓，同学们又带来了 8 块🏓，一(1)班一共有多少块球拍？

$\boxed{} \bigcirc \boxed{} = \boxed{}$（块）

3.

 限坐12人

 7位同学和4位老师，座位够吗？

够 $\boxed{}$　不够 $\boxed{}$

7. 20 以内的进位加法

错解题改正训练

【题目1】 比大小。

$$8 + 6 \bigcirc 8 - 6$$

错解： $8+6 \,\textcircled{=}\, 8-6$

正解：

【题目2】 2 个最大的一位数的和是多少?

$$\square \bigcirc \square = \square$$

错解： $\boxed{2} \,\textcircled{+}\, \boxed{9} = \boxed{11}$

正解：

易错题分类练习

一、易错填空题

1. 在 □ 里填上合适的数。

$9 + 1 + 2 = \square$ $7 + 3 + 2 = \square$

$8 + 2 + 7 = \square$ $9 + 1 + 3 = \square$

2. 在〇里填" > "、" < "或" = "。

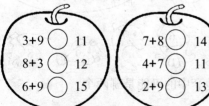

3+9 〇 11   7+8 〇 14
8+3 〇 12   4+7 〇 11
6+9 〇 15   2+9 〇 13

二、易错计算题

1. 口算演练板。

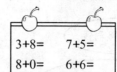
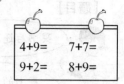

3+8=   7+5=   4+9=   7+7=
8+0=   6+6=   9+2=   8+9=

2. 小马过河。

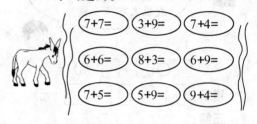

7+7=   3+9=   7+4=
6+6=   8+3=   6+9=
7+5=   5+9=   9+4=

三、易错连线题

7+8   6+7   5+9   9+6

13   14   15

四、易错应用题

1. 小猫钓鱼。

我昨天钓了6条，今天钓了5条。

两天一共钓了多少条？

$\square \bigcirc \square = \square$（条)

2.

7元 牙膏   杯 5元

各买一样，一共要多少元?

$\square \bigcirc \square = \square$（元)

单元综合练习

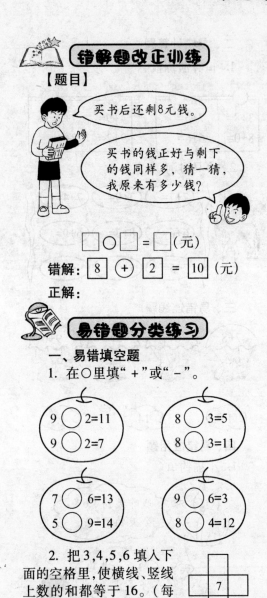

错解题改正训练

【题目】

买书后还剩8元钱。

买书的钱正好与剩下的钱同样多，猜一猜，我原来有多少钱？

☐ ○ ☐ ＝ ☐（元）

错解： 8 ＋ 2 ＝ 10 （元）

正解：

易错题分类练习

一、易错填空题

1. 在○里填"＋"或"－"。

9 ○ 2＝11
9 ○ 2＝7

8 ○ 3＝5
8 ○ 3＝11

7 ○ 6＝13
5 ○ 9＝14

9 ○ 6＝3
8 ○ 4＝12

2. 把3，4，5，6填入下面的空格里，使横线、竖线上数的和都等于16。（每个数只能填一次）

7

二、易错连线题

小兔拔萝卜。

6＋8		12
9＋4		11
7＋5		14
2＋9		13

三、易错计算题

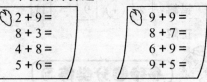

2＋9＝   9＋9＝
8＋3＝   8＋7＝
4＋8＝   6＋9＝
5＋6＝   9＋5＝

四、易错应用题

1.

有5个人在跳绳。

有6个人在跑步。

有9个人在打球。

（1）跳绳的和打球的一共有多少人？

☐ ○ ☐ ＝ ☐（人）

（2）请你提出一个问题并解答。

2.

我套中了两个小动物，共得了14分。

他套中的可能是哪两个？

九、20 以内的退位减法

知识点清单

1. 十几减9;
2. 十几减8,7;
3. 十几减6,5,4,3,2;
4. 解决问题。

易错点警示

易错点一 15 – 9 = ?

警示:十几减9的口算方法有多种,如"想加算减"法、"破十减"法、"点数"法等。利用"想加算减"的方法口算时,20以内的进位加法要熟练、准确。如果进位加法不准确,就会造成减法的错误。

易错点二 看图列式计算。

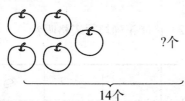

?个

14个

警示:解"看图列式计算"这类题目,先要看清图意,才能列出正确的算式,算式对了结果才有可能算对。这道题下面有"14个",是告诉我们苹果的总数,图的左边有5个苹果,右边是"? 个"。这就可以说出一道完整的应用题:"一共有14个苹果,左边有5个,右边有几个?"知道总数,求一部分用减法。

算式列对了,还要算得对,计算"十几减几"时一般用"想加算减"法,要保证加法计算的正确性,千万不能因为加法想错了而影响减法的正确性。

易错点三

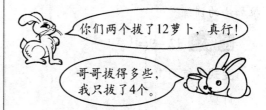

你们两个拔了12萝卜,真行!

哥哥拔得多些,我只拔了4个。

兔哥哥拔了几个萝卜?

□○□＝□(个)

警示:解决问题时要找准题目中给我们提供的数学信息和要解决的问题,然后决定用加法还是减法计算。

此题"12个萝卜"是总数,"4个"是其中的一部分,要求的是另一部分,用减法计算。

易错点题例

题例1 口算 12 – 9 = ?

错解✗ 12 – 9 = 1

错误原因分析 错误的原因大致有如下几种:

① 用"点数"法时画图或点数出现误差；

② 用"破十减"法时，用 $10 - 9 = 1$，算后应用个位上的"2"与"1"相加，结果粗心大意忘了加，直接写了"1"；

③ 20 以内的进位加法不熟练，不准确，因此用"想加算减"法时出现了错误。

解题思路点拨 ① 用"点数"法时，图的个数画准确，减几就划掉几，再准确地数出结果；

② 用"破十减"法时，切记"10－几"的差与原个位上的数相加才是此题的正确得数；

③ 用"想加算减"法要加强 20 以内进位加法的训练。

正解√ $12 - 9 = 3$

变式小练习 1

计算。

$16 - 9 =$	$14 - 7 =$
$15 - 6 =$	$14 - 5 =$
$11 - 6 =$	$11 - 3 =$

题例 2 填一填。

	原有	吃掉	剩余
	15 个	9 个	（　）个
🍐	13 个	6 个	（　）个

错解×

	原有	吃掉	剩余
🍎	15 个	9 个	(2)个
🍐	13 个	6 个	(3)个

错误原因分析 没有看懂表格，结果是竖着计算，所以出现了错误。

解题思路分析 表格中每一横行说的是同一种水果"原有"、"吃掉"和"剩余"的情况，求每种水果剩余的数量应该用"原有的"减去"吃掉的"。也就是"总数－部分数"。

正解√

	原有	吃掉	剩余
🍎	15 个	9 个	(6)个
🍐	13 个	6 个	(7)个

变式小练习 2

(1)

我钓了11条鱼，吃了5条。

小猫还剩下几条鱼？

□○□＝□

(2) 你能正确填写表格吗？

	🖍	📏	🧽
小明有	8 支	4 把	
小芳有	7 支		5 块
一共有		12 把	11 块

1. 十几减9及应用

【题目1】　$15 - 9 = \boxed{}$

错解：$15 - 9 = 7$

正解：

【题目2】　看图列式计算。

池塘里原来有(　　)只小鸭,现在有(　　)只小鸭,游走了几只小鸭?

列式：＿＿＿＿＿＿＿

口答:游走了(　　)只小鸭。

错解: 原来有(13)只小鸭,现在有(9)只小鸭。

列式:$9 - 4 = 5$(只)

口答:游走了(5)只小鸭。

正解:

易错题分类练习

一、易错计算题

1. 计算演练板。

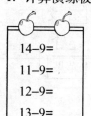

| $14-9=$ |
| $11-9=$ |
| $12-9=$ |
| $13-9=$ |

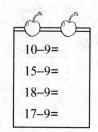

| $10-9=$ |
| $15-9=$ |
| $18-9=$ |
| $17-9=$ |

2. 夺红旗。

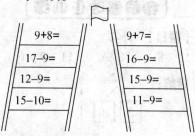

$9+8=$	$9+7=$
$17-9=$	$16-9=$
$12-9=$	$15-9=$
$15-10=$	$11-9=$

二、易错填空题

1. 在(　　)里填上合适的数。

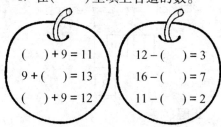

(　)$+ 9 = 11$　　　$12 - ($ 　$) = 3$

$9 + ($ 　$) = 13$　　　$16 - ($ 　$) = 7$

(　)$+ 9 = 12$　　　$11 - ($ 　$) = 2$

2. 在○里填">"、"<"或"="。

$13 - 9 ○ 5$　　　　$17 - 6 ○ 10$

$15 - 9 ○ 6$　　　　$14 - 9 ○ 4$

$18 - 9 ○ 8$　　　　$16 - 9 ○ 9$

三、易错连线题

四、易错应用题

1. 树上有 16 个🍎,摘下来 9 个🍎,还剩多少个🍎?

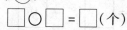

$\boxed{} ○ \boxed{} = \boxed{}$(个)

口答:还剩(　　)个🍎。

2. 小华写 12 个生字,已经写了 9 个,还要写几个?

$\boxed{} ○ \boxed{} = \boxed{}$(个)

口答:还要写(　　)个。

2. 十几减8,7及应用

 错解题改正训练

【题目】 计算。

12 − 8 = (   )   11 − 7 = (   )

错解: 12 − 8 = (2)

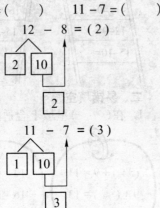

11 − 7 = (3)

正解:

 错解题改正训练

一、易错计算题

1. 计算演练板。

15 − 7 =   15 − 8 =
16 − 7 =   13 − 7 =
14 − 7 =   16 − 8 =
13 − 8 =   11 − 7 =

2. 算一算。

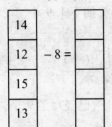 −8 =   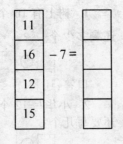 −7 =

二、易错连线题

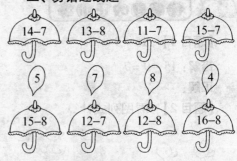

三、易错填空题

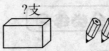

15 − 8 ○ 6   16 − 7 ○ 8
12 − 7 ○ 9   14 − 8 ○ 6
11 − 8 ○ 4   15 − 7 ○ 8
12 − 9 ○ 2   13 − 7 ○ 8

四、易错应用题

1.

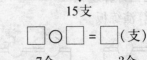

15支

□ ○ □ = □ (支)

2.

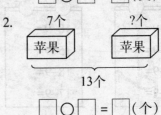

13个

□ ○ □ = □ (个)

3. 十几减6,5,4,3,2及应用

【题目1】 看图列式计算。

11个

□○□ = □（个）

错解： 11 － 5 = 16（个）

正解：

【题目2】 从5,6,7,12中选3个数写出两道加法算式和两道减法算式。

□ + □ = □　　□ － □ = □

□ + □ = □　　□ － □ = □

错解：

5 + 7 = 12　　12 － 6 = 6

7 + 5 = 12　　12 － 6 = 5

正解：

易错题分类练习

一、易错计算题

1. 小树快快长。

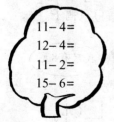

11－4＝
12－4＝
11－2＝
15－6＝

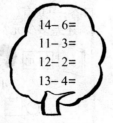

14－6＝
11－3＝
12－2＝
13－4＝

2. 计算演练板。

16 － 7 + 5 =　　3 + 9 － 4 =

14 － 5 + 2 =　　6 + 6 － 5 =

12 － 3 + 7 =　　12 － 4 + 3 =

11 － 2 + 0 =　　11 － 3 + 5 =

二、易错填空题

1. 在○里填上合适的数。

12 － ○ = 7　　11 － ○ = 9

15 － ○ = 9　　14 － ○ = 8

○ + 2 = 11　　4 + ○ = 13

2. 在○里填上"＞"、"＜"或"＝"。

12 － 3 ○ 8　　11 － 2 ○ 9

14 － 6 ○ 7　　13 － 5 ○ 7

13 － 6 ○ 8　　11 － 4 ○ 6

三、易错应用题

1. 看图列式计算。

?条

11条

□○□ = □（条）

2. 停车场有14辆车。

6辆　　　　　?辆

□○□ = □（辆）

口答：大客车有（　　　）辆。

单元综合练习

 错解题改正训练

【题目】 看图提出问题,再解答。

 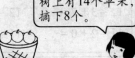

树上有14个苹果,摘下8个。

□ ○ □ = □(个)

树上一共有多少个苹果?

错解: $14 - 8 = 6$ (个)

正解:

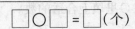 **易错题分类练习**

一、易错计算题

1. 想一想,填一填。

11
9 □
$11 - 9 =$ □

12
8 □
$12 - 8 =$ □

13
□ 8
$13 - 8 =$ □

15
□ 6
$15 - 6 =$ □

2. 摘星星。

☆	☆
$11 - 3 =$	$13 - 6 =$
$15 - 7 =$	$12 - 4 =$
$11 - 5 =$	$11 - 2 =$
$12 - 8 =$	$18 - 9 =$

3. 计算演练板。

$17 - 9 - 4 =$	$12 - 6 + 7 =$
$12 - 3 + 5 =$	$6 + 7 - 4 =$
$16 - 8 + 4 =$	$14 - 5 - 2 =$
$7 + 4 - 2 =$	$16 - 8 + 5 =$

二、易错选择题

1. 选数写算式。

(1) 从 4,7,5,11 中选 3 个数。

□ + □ = □   □ − □ = □

□ + □ = □   □ − □ = □

(2) 从 9,8,7,15 中选 3 个数。

□ + □ = □   □ − □ = □

□ + □ = □   □ − □ = □

2. 在正确的结果后面打"√"。

(1) $12 - 5 = \begin{cases} 6(\quad) \\ 7(\quad) \\ 8(\quad) \end{cases}$

(2) $14 - 8 = \begin{cases} 6(\quad) \\ 7(\quad) \\ 8(\quad) \end{cases}$

三、易错应用题

1. 一共有多少只鸭子?

□ ○ □ = □(只)

口答:一共有( )只鸭子。

2. 还差多少元?

14元   我只有8元。

小芳

□ ○ □ = □(元)

口答:还差( )元。

十、位　置

1. 体会上下、前后、左右的位置关系；
2. 能确定上下、前后、左右的方位。

 易错点警示

易错点一　看图回答问题。

终点　小明　小华　小力　小平

1. (　　　)跑在最前面,(　　　)跑在最后面。

2. 小力的前面是(　　　),后面是(　　　)。

警示: 1. 先找准跑步的方向,面对终点,离终点最近的跑在最前面,离终点最远的跑在最后面。如果方向搞错了,那么前后的顺序也就错了。

2. 以小力为参照物来确定前面是谁,后面是谁。

易错点二　用自己的语言描述右图中 3 个小动物的位置关系。

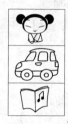

警示: 所选的参照物不同,物体的上下位置也不同,在描述时要说具体,说清楚,不能单独说谁在上面,谁在下面。

 易错点题例

题例　下面的说法对吗? 对的画"√",错的画"×"。

(1) 布娃娃在上面。(　　　)

(2) 小汽车在下面。(　　　)

(3) 书在下面。(　　　)

错解 × (1) √ (2) √ (3) √

错误原因分析　语言描述不准确,上、下是两个相对关系的词,不能独立地说。

解题思路点拨　先确定一个参照物,再描述物体的相对位置。因为上面与下面相互依存,不能孤立存在。

正解 √ (1) × 布娃娃在最上面

(2) × 小汽车在布娃娃下面

(3) × 书在最下面

(均有不同说法)

变式小练习

1. 说一说。

(1) "爱"在(　　　)面。

(2) "数"在(　　　)的(　　　)面。

(3) "学"在(　　　)面。

爱
数
学

2. 填一填。

(1) (　　　)号跑在最前面。

(2) (　　　)号跑在最后面。

1. 上、下、前、后、左、右

错解题改正训练

【题目1】 下面的说法对吗?

小兰　　小芳　　小明

(1) 小明在小芳的左边。(　　)

(2) 小芳在小兰的右边。(　　)

错解: (1) ×　(2) ✓

正解:

【题目2】 按顺序数,14 前面的一个数是(　　),17 后面的一个数是(　　)。

错解: 15　16

正解:

易错题分类练习

一、易错填空题

1.

(1) (　　) 走在 (　　) 的前面。

(2) (　　) 走在 (　　) 的后面。

2. 如图,🍎的下面共有(　　)种

水果,分别是(　　)和(　　);🍌的上面是(　　),下面是(　　);🍋的上面有(　　)和(　　)。

小花

小花(　　)边的树上有 3 个桃,(　　)边的树上有 4 个桃。

二、易错选择题

1. 过马路时,我们先要(　　)看。

A. 上下　　B. 前后　　C. 左右

2. 在"亚运会"三个字中,"运"的后边是(　　)。

A. 亚　　B. 会

3. 在"18,13,14,8,6"中,下面的说法正确的是(　　)。

A. 8 在后边

B. 14 的后边是 8,前边是 13

三、易错判断题

1. 🎩应戴在头的下面。(　　)

2. 如图 数学,"数"在"学"的上面。(　　)

3. 如图 学习,"学"在"习"的上面,也可以说"习"在"学"的下面。(　　)

4. 19 前面的一个数是20。(　　)

5. 如果2 在6 的后面,9 在6 的前面,那么这 3 个数的排列顺序是9,6,2。(　　)

四、易错应用题

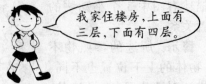

我家住楼房,上面有三层,下面有四层。

小明家住(　　)楼,这栋楼共有(　　)层。

2. 位 置

【题目】 看图填空。

第5排第4张 ↓

9+2	9+3	9+4	9+5
8+3	8+4	8+5	8+6
7+4	7+5	7+6	7+7
6+5	6+6	6+7	6+8
5+6	5+7	5+8	5+9

（1）排在第 4 排第 2 张的口算卡片是（   ）。

（2）排在第 2 排第 3 张的口算卡片是（   ）。

错解： （1） | 8 + 5 | （2） | 6 + 6 |

正解：

 易错题分类练习

一、易错填空题

十	六	届
亚	运	会
开	幕	啦

1.

"运"的上面是（   ），下面是（   ），左边是（   ），右边是（   ）。"开"在"幕"的（   ）面，在"亚"的（   ）面。"十"的下面有（   ）和（   ）。

2. 数一数,填一填。

（1）从左数起,第（   ）个和第（   ）个都是长方体。

（2）从右数起,第（   ）个是正方体。

（3）从右数起,第（   ）个和（   ）个是圆柱体。

二、易错操作题

1. 想一想,画一画。

（1）如果 在第 3 行第 4 面,请将它左边的 涂色。

（2）把 上面的 圈起来。

（3）在第 4 行第 5 面 下面画"○"。

（4）在第 1 行第 7 面 上面画"△"。

2.

	第1列	第2列	第3列	第4列	第5列
第1行					
第2行					
第3行				☆	
第4行					
第5行					

（1）在第 2 行第 4 列画"△"。

（2）在第 5 行第 2 列画"○"。

（3）"☆"在第（   ）行第（   ）列。

（4）在左上角画" "，它是第（   ）行第（   ）列。

（5）在右下角画" "，它是第（   ）行第（   ）列。

三、易错应用题

小明想买 1 本一年级的《小学数学易错题》他应在书架的 第（   ）层去找。

第4层
第3层
第2层
第1层

单元综合练习

错解题改正训练

【题目】 说一说每只小动物的位置。

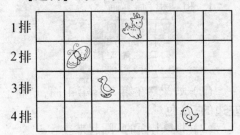

错解：小鹿排在第4排第1号；
　　　蝴蝶排在第2排第2号；
　　　小鸭排在第3排第3号；
　　　小鸡排在第6排第4号。

正解：

易错题分类练习

一、易错填空题
1. 看图填空。

(1) 桌子的(　　)面放着一本数学书。

(2) 铅笔掉在桌子的(　　)面。

(3) 数学书下面有(　　)和(　　)。

(4) 铅笔的上面有(　　)和(　　)。

二、易错操作题
1. 给房间编号。

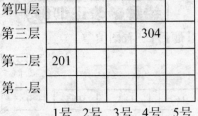

	1号	2号	3号	4号	5号
第四层					
第三层			304		
第二层	201				
第一层					

201 表示第二层的 1 号房间,304 表示第三层的 4 号房间,请按此方法给空格中的房间都编上房号。

三、易错选择题
1. 与 17 相邻的两个数是(　　)。

A. 15 和 16　　B. 16 和 18

C. 18 和 19

2. △的后边是☆,前边是卪,卪的前边是囗,下列排列正确的是(　　)。

A. 囗卪△☆　B. 卪△☆囗

C. △☆卪囗

3. 在 ⬭ 🗃 🗄 ⊘ 中,排在最左边的是(　　)。

A. ⬭　　　B. ⊘

四、易错应用题
排队等车。

小明在小兰的前面,小红在小兰的后面。

(　　)(　　)(　　)

你能在图中标出3个小朋友的名字吗?

十一、100以内数的认识

知识点清单

1. 100以内数的认识：数数、数的组成、读数、写数、数的顺序、比较大小；

2. 整十数加一位数和相应的减法。

易错点警示

易错点一 数数。

从七十六数到八十三。

警示：数数时要熟记整十数的顺序，当数到"几十九"时就能立刻想到下一个整十数。千万别在数数时把这个整十数漏数和错数。

易错点二 7个十和3个一合起来是（　　）。

警示：是71。这是脱离具体物体后说数的组成时很容易出现的错误。要认真审题，弄清3个一是3，"一"在这里表示的是计数单位。

易错点题例

 比较大小。

79 ○ 80

错解✗ 79 ＞ 80

错误原因分析 没有掌握好比较两位数大小的方法，从个位开始比的。

解题思路点拨 比较两个两位数的大小时，应先比较十位上两个数的大小，十位上的数大的那个数就大；当十位上的数相同时，再比较个位上的数。

 79 ＜ 80

变式小练习1

比大小。

68 ○ 70　　59 ○ 58

42 ○ 41　　39 ○ 50

题例2 计算 42 − 2。

错解✗ 42 − 2 = 22

错误原因分析 没有理解减法的算理，用十位上的4去减2，所以算错了。

解题思路点拨 "42"表示4个十和2个一，减去2个一，还剩4个十也就是40。

 42 − 2 = 40

变式小练习2

（1）算一算。

31 + 5 =　　　　45 − 2 =

63 + 4 =　　　　89 − 7 =

（2）填一填。

（　）+ 50 = 54　　8 + （　）= 88

76 − （　）= 70　　27 − （　）= 20

1. 100 以内数的认识

错解题改正训练

【题目1】 填空。

(1) 47 里面有( )个十和( )个一。

(2) 由5个一和3个十组成的数是( )。

错解:(1) 40 7 (2) 53

正解:

【题目2】 比大小。

50 个一○5 个十

错解:50 个一 ⑤ 5 个十

正解:

【题目3】 给下面的数分类。

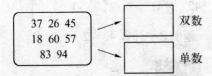

双数

单数

错解:

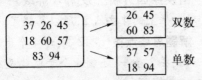

正解:

易错题分类练习

一、易错填空题

1. 18 是由( )个十和( )个一组成的。

2. "85"中的"5"表示 5 个( ),"8"表示 8 个( )。

3. 10 个一是 1 个( ),10 个十是 1 个( )。

4. 77 和 79 中间的数是( )。

5. 与90 相邻的两个数是( )。

6. | | | 64 | | | | |

二、易错选择题

1. 与 75 相邻的两个数是( )。

A. 73 和 74   B. 74 和 76

C. 76 和 77

2. 从 56 数到 65,一共要数( )个数。

A. 10   B. 9   C. 11

3. 3 个一和 9 个十组成的数是( )。

A. 39   B. 91   C. 93

三、易错比较题

6 个十○60 个一   80 个一○8 个十

40 个一○5 个十   70 个一○6 个十

6 个十9 个一○6 个十 8 个一

3 个十 5 个一○3 个一 5 个十

7 个十 2 个一○2 个一 7 个十

四、易错连线题

对号入座。

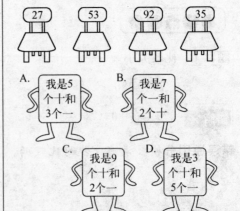

2. 100以内数的读写

【题目1】 看图写数、读数。

(1)　　　　　(2)

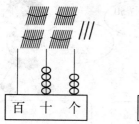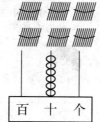

写作(　　)　　　　写作(　　)
读作(　　)　　　　读作(　　)

错解：(1) 写作34　　读作三十四
　　　(2) 写作6　　 读作六十

正解：

【题目2】 填一填。
(1) 最大的两位数是(　　　)。
(2) 最小的两位数是(　　　)。

错解：(1) 90　　(2)11

正解：

 易错题分类练习

一、易错填空题

1. 从右边起,第一位是(　　)位,第二位是(　　)位,第三位是(　　)位。

2. 写数和读数都从(　　)位起。

3. 一个三位数,它的最高位是(　　)位。

4. 最大的两位数是(　　),最小的三位数是(　　)。

5. "88"这个数是一个(　　)位数。左边的"8"在(　　)位,表示(　　)个

(　　),右边的"8"在(　　)位,表示(　　)个(　　)。

6. 填一填。
(1)　　　　　　(2)

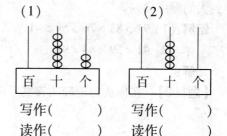

写作(　　)　　　写作(　　)
读作(　　)　　　读作(　　)

二、易错判断题(对的画"√",错的画"×")

1. 个位上的数是5,十位上的数是2,这个数是52。　　　　　　　(　　)

2. 由相同的两个数组成的两位数(如11)有10个。　　　　　　(　　)

3. 一个数的百位上是1,十位和个位都是0,这个数是100。　　(　　)

4. 一个数的个位上是2,十位上的数比个位上的数多5,这个数是72。
　　　　　　　　　　　　(　　)

三、易错连线题
我问你答。

3. 数的顺序 大小比较

【题目1】 把 76,83,59,41,91 按从小到大的顺序排列。

错解:(1) 91 > 83 > 76 > 59 > 41

(2) 41 < 59 < 83 < 91

正解:

【题目2】 在你认为正确的答案下面打"√"。

○的个数比△多一些。

□的个数比△多很多。

△有28个 ○可能有多少个?
□可能有多少个?

26 个	32 个	49 个

26 个	34 个	60 个

错解:

26 个	32 个	49 个
	√	

26 个	34 个	60 个
	√	

正解:

26 个	32 个	49 个

26 个	34 个	60 个

一、易错填空题

1. 写出下面各数相邻的数。

( ),73,( )　( ),59,( )

( ),81,( )　( ),40,( )

2. 按要求做一做。

31	46	87	92	54	66
79	25	13	99	37	29
84	90	27	48	73	88

大于10,小于50的写在这里。

大于70的写在这里。

二、易错选择题

多一些　多得多　少一些　少得多

1. (1)90 比 10( );(2)9 比 99( );
(3)35 比 39( );(4)52 比 48( )。

2.

31个　40个　70个　8个

(1) ⬭比 ⬜( ),⬜比 ⬭( );

(2) ⬜比 ⬙( ),⬙比 ⬜( )。

三、易错应用题

小兔拔萝卜。

我拔了35个萝卜。

我比妈妈拔的少得多。

小兔可能拔了多少个萝卜?
在合适的答案下面打"√"。

30 个	18 个	37 个

4. 整十数加一位数和相应的减法

【题目1】 计算。

$$3+40=\qquad 79-6=$$

错解：$3+40=70$　　$79-6=19$

正解：

【题目2】 判断。

$$74-4=34(\quad)$$

错解：√

正解：

【题目3】

有36瓶饮料，喝了3瓶，还剩多少瓶？

 18瓶

 18瓶

错解：$36-3=39$（瓶）

正解：

 易错题分类练习

一、易错计算题

1. 计算演练板。

7+30=	90+6=
56-6=	68-8=
37-7=	20+9=
40+3=	34-4=

2. 计算小能手。

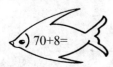 70+8=

 66-6=

 59-9=

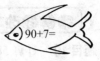 90+7=

二、易错填空题

1. 照样子填一填。

$$35=(30)+(5)$$

$$46=(\quad)+(\quad)\qquad 82=(\quad)+(\quad)$$

$$95=(\quad)+(\quad)\qquad 39=(\quad)+(\quad)$$

$$26=(\quad)+(\quad)\qquad 57=(\quad)+(\quad)$$

2. 在( )里填上合适的数。

$$30+(\quad)=38\qquad 46-(\quad)=40$$

$$52-(\quad)=50\qquad 70+(\quad)=71$$

$$64-(\quad)=60\qquad 90+(\quad)=90$$

$$(\quad)-2=30\qquad (\quad)+6=76$$

三、易错应用题

1. 看图列式计算。

（1）

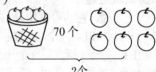

70个

?个

□○□＝□（个）

（2）

  ?支

铅笔

53支

□○□＝□（支）

2. 解决问题。

我要写36个大字，已经写了6个。

小明还要写多少个大字？

小明

单元综合练习

错解题改正训练

【题目1】 计算 58 – 8。
错解：58 – 8 = 5
正解：

【题目2】 看图写数。

(1)　　　　(2)　　　　(3)

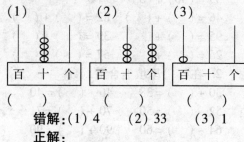

(百 十 个)　(百 十 个)　(百 十 个)

(　　)　　　(　　)　　　(　　)

错解：(1) 4　　(2) 33　　(3) 1
正解：

易错题分类练习

一、易错填空题

1. 一个三位数，它的最高位是(　)位。
2. (　)个十和(　)个一组成73。
3. 46 由(　)个一和(　)个十组成。
4. 比大小。(填"＞"、"＜"或"＝")

　　46 ○ 64　　　28 ○ 82

　　68 ○ 86　　　100 ○ 99

7个十和8个一 ○ 8个一和7个十

5个十和6个一 ○ 6个十和5个一

9个一和8个十 ○ 8个一和8个十

5. 数字娃娃排队。(填序号)

①76　②54　③39

④81　⑤90

(　)>(　)>(　)>(　)>(　)

(　)<(　)<(　)<(　)<(　)

二、易错计算题

1. 计算演练板。

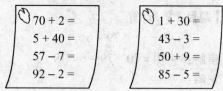

70 + 2 =　　　　1 + 30 =
5 + 40 =　　　　43 – 3 =
57 – 7 =　　　　50 + 9 =
92 – 2 =　　　　85 – 5 =

2. 夺红旗。

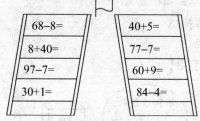

68–8=	40+5=
8+40=	77–7=
97–7=	60+9=
30+1=	84–4=

三、易错应用题

1. 同学们给舟曲县的小朋友捐书。

语文书有30本,数学书比语文书少一些。

教辅书比语文书多得多。

(1) 数学书可能有多少本？画"△"。

| 18本 | 32本 | 26本 |

(2) 教辅书可能有多少本？画"○"。

| 28本 | 38本 | 60本 |

2. 有47块饼干,小华吃了7块,还剩多少块?

十二、认识人民币

知识点清单

1. 人民币的认识:认识各种面值的人民币,人民币的单位,人民币之间的进率;

2. 简单的计算:人民币间的换算,认识用小数表示物品的单价,元、角、分的加、减法计算。

易错点警示

易错点一 在〇里填上">"、"<"或"="。

8角〇2元

警示:此题单位不同,不能直接比较,一定要先统一单位然后进行比较。

易错点二 判断。(对的画"√",错的画"×")

1. 能换10张 。( )

2. 能换5个 。( )

3. 能换10个 。( )

警示:要想准确地作出判断,必须熟练地掌握元、角、分之间的十进关系,即1元=10角,1角=10分。

易错点题例

题例1 一共多少钱?

1.00元　　0.50元

错解✗ 1+5=6(元)

错误原因分析 不会看用小数表示的以元为单位的商品单价,把"小刀"的单价看错了。

解题思路点拨 看用小数表示的商品标签时,先看小数点,小数点左边是元,右边依次是角和分。0.50元表示5角。

正解✓

1.00元+0.50元=1元+5角=1元5角

变式小练习1

19角=( )元( )角

2元3角=( )角

题例2 计算5.80元+3.50元。

错解✗ 5.80元+3.50元=8元3角

错误原因分析 5.80元是5元8角。3.50元是3元5角。8角+5角=13角=1元3角应向"元"进1得9元3角。

解题思路点拨 人民币计算时,元与元相加、减,角与角相加、减,满10角就要换成1元。单位不统一时要先统一单位,千万不能将元和角直接相加减。

正解✓ 5.80元+3.50元=9元3角

变式小练习2

计算。

1元5角+3角=

2元1角+1元4角=

1元-7角=

4元1角+5角=

1. 认识人民币

 错解题改正训练

【题目1】

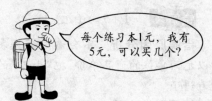

每个练习本1元，我有5元，可以买几个？

错解：10个

正解：

【题目2】

可换（　　）个 。

错解： 10

正解：

 易错题分类练习

一、易错填空题

1. 共（　　）分。

2. 共（　　）元（　　）角。

3. 共（　　）元（　　）角。

4. （　　）枚 能换 1张 。

5. （　　）枚 能换 1枚 。

6. （　　）张 能换 1张 。

7. （　　）张 能换 1张 。

二、易错选择题

选 元　角　分 填空。

1. 裙子的价钱是70（　　）。

2. 铅笔的价钱是8（　　）。

3. 文具盒的价钱是7（　）5（　）。

4. 学生尺的价钱是7（　）5（　）。

三、易错应用题

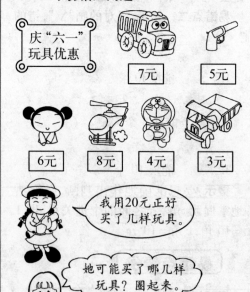

庆"六一"玩具优惠

7元　　5元

6元　　8元　　4元　　3元

我用20元正好买了几样玩具。

她可能买了哪几样玩具？圈起来。

2. 简单的计算

【题目1】 下图中的小数各表示几元几角几分?

(1)   (2)   (3)

| 1.80元 | 0.65元 | 12.50元 |

错解:(1) 1.80 元表示 1 元 8 角;

(2) 0.65 元表示 6 元 5 角;

(3) 12.50 元表示 1 元 2 角 5 分。

正解:

【题目2】

练习本 0.50元

我有 6 元钱,买 1 个练习本,还剩多少钱?

错解: 6 元 - 0.50 元 = 1 元

正解:

易错题分类练习

一、易错填空题

1. 填">"、"<"或"="。

4 元 3 角 ○ 4 元   3 元 7 角 ○ 37 角

9 角 ○ 1 元   2 元 4 角 ○ 3 元

60 分 ○ 6 角   20 角 ○ 1 元 9 角

2. 填一填。

3 元 6 角 = ( ) 角

5 元 3 角 = ( ) 角

70 角 = ( ) 元

20 角 = ( ) 元

34 角 = ( ) 元 ( ) 角

45 分 = ( ) 角 ( ) 分

5 元 = ( ) 角

20 分 = ( ) 角

二、易错选择题

选 元 角 分 填空。

1.   2.

2 ( )   5 ( )

3.   4.

7 ( ) 8 ( )   2 ( )

5.   6. 练习本

28 ( ) 9 ( )   5 ( ) 5 ( )

三、易错应用题

0.50元   1.50元   1.80元   1.20元

1. 买 1 支铅笔和 1 把小刀一共多少钱?

2. 买 1 个直尺和 1 把小刀一共多少钱?

3. 上面的各买一样,5 元钱够吗?

4. 你还能提出什么问题? 请提出一个并解答。

71

单元综合练习

 错解题改正训练

【题目1】 一张 能换( )
张 和( )张 。
错解:5 2
正解:

【题目2】 填"<"、">"或"="。
5 元 7 角○7 元 5 角 10 元○99 分
错解: 5 元 7 角○7 元 5 角
10 元○99 分
正解:

 易错题分类练习

一、易错填空题

1. 换一换。
(1)

(2)

2. 在○里填">"、"<"或"="。
87 元○98 角 40 分○4 角
10 元 3 角○13 元 100 分○11 角

3. "元""角""分"排队。
6 分 50 角 3 元 20 分 100 元
( )>( )>( )>( )>( )

二、易错计算题

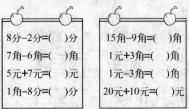
8 分−2 分=( )分 15 角−9 角=( )角
7 角−6 角=( )角 1 元+3 角=( )角
5 元+7 元=( )元 1 元−3 角=( )角
1 角−8 分=( )分 20 元+10 元=( )元

三、易错连线题

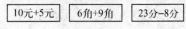
| 10 元+5 元 | 6 角+9 角 | 23 分−8 分 |

| 15 角 | 15 分 | 15 元 |

| 7 分+8 分 | 24 角−9 角 | 45 元−30 元 |

四、易错选择题

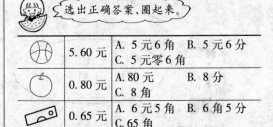 选出正确答案,圈起来。

🏀	5.60 元	A. 5 元 6 角 B. 5 元 6 分 C. 5 元零 6 角
🍎	0.80 元	A.80 元 B. 8 分 C. 8 角
📏	0.65 元	A. 6 元 5 角 B. 6 角 5 分 C.65 角

五、易错应用题

| 12 元 | 8 元 | 42 元 |

1. 我有 20 元。买《新华字典》和文具盒够吗?

2. 买 1 个书包和 1 个文具盒一共要多少钱?

3. 三样全买,共要多少钱?

十三、100以内的加减法

知识点清单

1. 整十数加、减整十数；

2. 两位数加、减整十数、一位数(不进位,不退位)；

3. 两位数加、减两位数(不进位,不退位)；

4. 两位数加、减一位数(进位、退位)；

5. 两位数加、减两位数(进位、退位)。

易错点警示

易错点一 32 + 30   46 - 20

警示:计算时要记住:相同数位上的数相加(减)。

易错点二 一(1)班图书角借出40本书,还剩下50本书,"图书角"原有多少本书?

警示:此题应该用加法计算,千万不要看题中"还剩下"的字眼就认为要用减法计算。

易错点三 用竖式计算。

$$43 + 35 = 78$$

$$\begin{array}{r} 43 \\ + 35 \\ \hline 78 \end{array}$$

警示:列竖式计算时一定要注意相同数位要对齐。

易错点四 计算 8 + 46。

警示:计算两位数加一位数时,容易

出现把不同数位上的数相加的错误。一定要分清数位,做到相同数位相加。

易错点五 下面的计算对吗?把不对的改正过来。

1. $24 + 47 = 61$

$$\begin{array}{r} 24 \\ + 47 \\ \hline 61 \end{array}$$

2. $63 - 26 = 47$

$$\begin{array}{r} 63 \\ - 26 \\ \hline 47 \end{array}$$

警示:这是笔算两位数与两位数的进位加和退位减时,通常会出现的错误。个位满"10"忘了向十位进"1",或者是进了"1",但十位数相加时又忘了把这个"1"加上。退位减法则是个位不够减时,从十位退"1"当"10"计算,在计算十位上的数时却忘了减掉退的那个"1"。

因此,在计算两位数加、减两位数的进位加和退位减时,特别要留心"进位"和"退位"的问题。

易错点题例

题例1

25个   4个   40个

(1) 苹果和梨一共多少个?

(2) 苹果和桃一共多少个?

错解×

(1) $25 + 4 = 65$(个)

(2) $25 + 40 = 29$(个)

错误原因分析 计算时没有注意相同数位相加。

解题思路点拨 （1）根据题中的信息，求苹果和梨一共多少个，应用加法计算。$25 + 4$,算式列对了,计算时 5 和 4 是在相同数位上的数,可以相加。$5 + 4 = 9$。第一个加数十位上是 2。第二个加数是一位数,十位上没有数,因此 2 可以直接写下来,因此 $25 + 4 = 29$(个)。

（2）算式也列对了。$25 + 40$,个位上是 $5 + 0$ 得 5。第一个加数的十位上是 2,与第二个加数十位上的 4 相加得 6。因此 $25 + 40 = 65$(个)。

 正解✓ （1）$25 + 4 = 29$(个)

（2）$25 + 40 = 65$(个)

变式小练习1

计算下面各题。

$28 + 50 =$ $32 + 3 =$

$9 + 20 =$ $40 + 6 =$

$63 + 5 =$ $8 + 20 =$

题例2 用竖式计算。

（1）$45 + 29 =$ （2）$71 - 24 =$

 错解✗ （1）$45 + 29 = 64$

$$\begin{array}{r} 45 \\ + 29 \\ \hline 64 \end{array}$$

（2）$71 - 24 = 57$

$$\begin{array}{r} 71 \\ - 24 \\ \hline 57 \end{array}$$

错误原因分析 做进位加法时忘了满十进一;做退位减法时,当个位不够减时,从十位退1,但在十位的计算中没有把这个"1"减去。

解题思路点拨 在列竖式时,做到了相同数位对齐,这一步做对了。

（1）当个位满"10"时应向十位进"1"。为避免忘记应在横线上第 2 个加数十位的右下角做上记号,十位数相加后要记住加上进位的数。

（2）十位向个位退一,应在被减数的上方点上小点,在减时先减去"1"再与减数十位上的数相减。

正解✓ （1）$45 + 29 = 74$

$$\begin{array}{r} 45 \\ + 2_{\bullet}9 \\ \hline 74 \end{array}$$

（2）$71 - 24 = 47$

$$\begin{array}{r} 71 \\ - 24 \\ \hline 47 \end{array}$$

变式小练习2

用心算一算。

（1）
$$\begin{array}{r} 36 \\ + 42 \\ \hline \end{array}$$ $$\begin{array}{r} 43 \\ + 27 \\ \hline \end{array}$$ $$\begin{array}{r} 64 \\ + 19 \\ \hline \end{array}$$

（2）
$$\begin{array}{r} 60 \\ - 34 \\ \hline \end{array}$$ $$\begin{array}{r} 39 \\ - 21 \\ \hline \end{array}$$ $$\begin{array}{r} 67 \\ - 18 \\ \hline \end{array}$$

1. 整十数加减整十数

【题目1】 一共有多少个水果?

40个　　20个　　10个

错解: $40 + 20 + 10 = 7$(个)

正解:

【题目2】 一共有多少个?

送给幼儿园的小朋友20个。

还剩40个。

错解: $40 - 20 = 20$(个)

正解:

【题目3】 小明比小华多多少张?

我做了40张口算卡片。

我做了30张口算卡片。

小明　　　　　　小华

错解: $40 - 30 = 1$(张)

正解:

 易错题分类练习

一、易错计算题

1. 口算演练板。

$20+30+10=$
$60-40+5=$
$40-20-10=$

$20+30-40=$
$70-40-10=$
$80-50+30=$

2. 小树快快长。

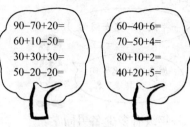

$90-70+20=$
$60+10-50=$
$30+30+30=$
$50-20-20=$

$60-40+6=$
$70-50+4=$
$80+10+2=$
$40+20+5=$

二、易错判断题

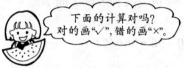

下面的计算对吗?对的画"√",错的画"×"。

1. $80 - 50 - 20 = 1$　　　(　　)

2. $60 + 30 - 40 = 50$　　　(　　)

3. $40 + 20 - 30 = 90$　　　(　　)

三、易错应用题

1.

我跳了30下。

我比你少跳10下。

小丽　　　　　　　小芳

(1)小丽跳了多少下?

(2)她俩一共跳了多少下?

2.

50.00元　　　10.00元

我买这两件东西,付给营业员阿姨100元,应找回多少元?

2. 两位数加一位数和整十数

【题目1】

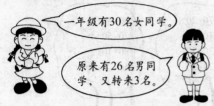

一年级有30名女同学。

原来有26名男同学，又转来3名。

(1) 一年级有多少名男同学？

(2) 一年级一共有多少名同学？

错解：(1) 26 + 3 = 56（名）
      (2) 30 + 56 = 86（名）

正解：

【题目2】 照样子，算一算。

(1) (2) (3)

错解：(2)5   (3)71
正解：

 易错题分类练习

一、易错计算题

1. 小马过河。

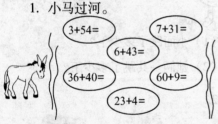

3+54=   7+31=
         6+43=
36+40=   60+9=
         23+4=

2. 摘苹果。

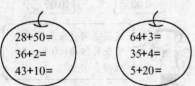

28+50=   64+3=
36+2=   35+4=
43+10=   5+20=

二、易错连线题

| 36+20 | 13+40 | 20+41 |

| 61 | 56 | 53 |

| 31+30 | 33+20 | 10+46 |

三、易错填空题

> < = 填在哪里？

44 + 5 ○ 47   7 + 62 ○ 70

30 + 16 ○ 50   29 + 30 ○ 59

9 + 36 ○ 46   52 + 6 ○ 50

四、易错应用题

1. 做口算卡片。

我做了28张。

我做了30张。

他们一共做了多少张？

2. 庆"六一"，布置教室。

这边挂了10个气球。

这边挂了15个气球。

一共挂了多少个气球？

3. 两位数减一位数和整十数

【题目1】 运苹果。

一共摘了67筐苹果。

已经运走了30筐,还有多少筐没有运走?

错解:67 − 30 = 64(筐)

正解:

【题目2】

我们班有42名学生,其中女生有20名。

有多少名男生?

错解:42 + 20 = 62(名)

正解:

 易错题分类练习

一、易错计算题

1. 吃苹果。

64 − 20 =
43 − 10 =
39 − 7 =

68 − 30=
59 − 7 =
46 − 4 =

2. 植树造林,美化环境。

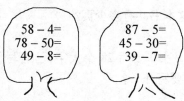

58 − 4 =
78 − 50 =
49 − 8 =

87 − 5 =
45 − 30 =
39 − 7 =

二、易错填空题

> < = 小雨点落到哪里?

1. 47 − 20 ○ 20   53 − 40 ○ 15

    58 − 6 ○ 60   76 − 10 ○ 65

2. 92 − 70 ○ 82 − 50   76 − 5 ○ 76 − 50

    48 − 20 ○ 58 − 30

三、易错应用题

1.

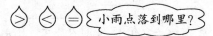

?朵   20朵

共有 56 朵

2.

准乘48人

车上已有30位乘客

我们有20人,车上的座位够吗?

3.

我比你少看10页。

我看了42页。

男生看了多少页?

4. 两位数加减两位数

【题目1】 迎亚运,同学们排练团体操。

女同学有45人。 男同学有33人。

一共有多少人?

错解:(1)45 + 33 = 72(人)

$$\begin{array}{r} 45 \\ + 33 \\ \hline 72 \end{array}$$

(2) 45 − 33 = 12(人)

正解:

【题目2】 幼儿园买来38个苹果。

中午吃了26个。

还剩多少个苹果?

错解:38 − 26 = 2(个)

$$\begin{array}{r} 38 \\ - 26 \\ \hline 2 \end{array}$$

正解:

 易错题分类练习

一、易错填空题

在○里填">"、"<"或"="。

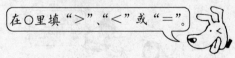

38 − 3 ○ 35   45 + 30 ○ 52

82 + 7 ○ 89   56 − 40 ○ 96

二、易错计算题

1.
$$\begin{array}{r} 43 \\ + 26 \\ \hline \end{array} \qquad \begin{array}{r} 31 \\ + 50 \\ \hline \end{array} \qquad \begin{array}{r} 85 \\ - 23 \\ \hline \end{array}$$

2. 用竖式计算。

25 + 53 =   86 − 14 =

43 + 52 =   59 − 38 =

三、易错应用题

1. 停车场原来有多少辆车?

开走了26辆,现在还有12辆。

2.

这本书我看了42页, 还有24页没有看。

这本书共有多少页?

3. 小华要写28个大字,已经写了16个,还要写几个?

5. 两位数加一位数(进位)

 错解题改正训练

【题目1】 计算。

25 + 6 =   5 + 37 =

错解:25 + 6 = 85   5 + 37 = 87

正解:

【题目2】

我家养了24只鸡。

我家养了9只鸡。

一共养了多少只鸡?

错解:24 + 9 = 23(只)

正解:

 易错题分类练习

一、易错填空题

1. 圈一圈,算一算,再填空。

(1)

|||||| |||||| |||||| ||| ||||||

34 + 8 =□

先算□+□=□,再算□+□=□。

(2)

|||||| |||||| |||||| |||||| ||||||

46 + 7 =□

先算□+□=□,再算□+□=□。

2. 在○里填上" > "、" < "或" = "。

45+5○50
62+9○81
39+4○42

8+47○54
48+5○53
36+9○44

二、易错计算题

先计算,再说得数是几十多。

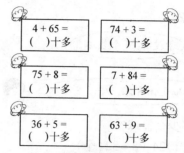

4 + 65 =
( )十多

74 + 3 =
( )十多

75 + 8 =
( )十多

7 + 84 =
( )十多

36 + 5 =
( )十多

63 + 9 =
( )十多

三、易错应用题

1. 给舟曲灾区捐款。

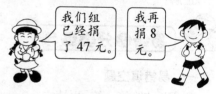

我们组已经捐了47元。

我再捐8元。

他们一共捐了多少元?

2. 买文具。

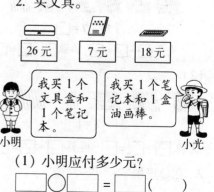

26元   7元   18元

我买1个文具盒和1个笔记本。

我买1个笔记本和1盒油画棒。

小明   小光

(1)小明应付多少元?

□○□ = □( )

(2)小光应付多少元?

□○□ = □( )

6. 两位数减一位数(退位)

错解题改正训练

【题目1】 计算。

$85 - 6 =$ $73 - 8 =$

错解: $85 - 6 = 25$ $73 - 8 = 75$

正解:

【题目2】

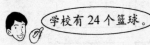
学校有24个篮球。

我们班上体育课,借了8个。

还剩多少个篮球?

错解:(1) $24 + 8 = 32$(个)

     (2) $24 - 8 = 6$(个)

正解:

易错题分类练习

一、易错填空题

1. 圈一圈,算一算,再填空。

(1)

‖‖‖‖ ‖‖‖‖ ‖‖‖‖ ‖‖‖‖ ‖‖‖‖ ‖‖‖‖ |||||

$50 - 7 = \square$

先算 $\square - \square = \square$,再算 $\square + \square = \square$。

(2)

‖‖‖‖ ‖‖‖‖ ‖‖‖‖ ‖‖‖‖ ||| |||||

$34 - 8 = \square$

先算 $\square - \square = \square$,再算 $\square + \square = \square$。

2. 在○里填">"、"<"或"="。

$98 - 9 ○ 88$ $48 - 8 ○ 39$

$25 - 8 ○ 17$ $42 - 8 ○ 38$

$54 - 6 ○ 50$ $31 - 9 ○ 40$

二、易错计算题

1.
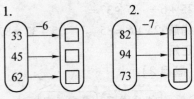

2.

三、易错辨析题

下面哪些算式的得数小于50?符合的画"✓"。

1. $55 - 9$ □   2. $60 - 7$ □

3. $66 - 8$ □   4. $55 - 6$ □

5. $42 - 9$ □   6. $65 - 7$ □

四、易错连线题

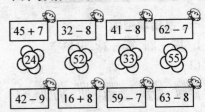

五、易错应用题

做红花。

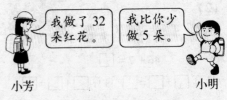

我做了32朵红花。   我比你少做5朵。

小芳   小明

(1) 小明做了多少朵红花?

(2) 请你再提出一个问题并解答。

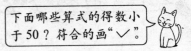

7. 两位数加两位数 (进位)

【题目1】 用竖式计算 56 + 27。

错解:

```
    56
  + 27
  ----
    73
```

正解:

【题目2】 参加课外兴趣小组。

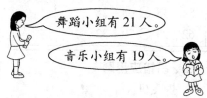

舞蹈小组有 21 人。

音乐小组有 19 人。

一共有多少人?

错解:21 + 19 = 4(人)

```
    21
  + 1,9
  ----
     4
```

正解:

 易错题分类练习

一、易错计算题

1. 列竖式计算。

34 + 45 =   56 + 28 =

29 + 42 =   78 + 14 =

2. 数学诊所。

```
       56
(1)  + 18        治疗:
     ----
       64
```

```
       47
(2)  + 2,3       治疗:
     ----
        6
```

二、易错填空题

我问你答。

十位上的数比个位上的数多 1。

这个数可能是____。

比 60 多得多比 100 少一些。

这个数可能是____。

三、易错应用题

1. 剪星星。

我们剪的星星送给幼儿园的小朋友 38 个。

还剩 34 个。

一共剪了多少个星星?

2.

上周我们认了 28 个生字。

这周又认了 15 个生字。

两周一共认了多少生字?

8. 两位数减两位数 (退位)

错解题改正训练

【题目1】 用竖式计算 67 - 28。

错解： 67 - 28 = 49

$$
\begin{array}{r}
67 \\
- 28 \\
\hline
49
\end{array}
$$

正解：

【题目2】 一套《自然的奥秘》比一套《儿童文学》贵多少元?

38 元

65 元

错解：65 - 38 = 33(元)

正解：

易错题分类练习

一、易错计算题

1. 口算。

13 - 5 =　　27 - 9 =　　43 - 6 =

85 - 7 =　　93 - 4 =　　61 - 8 =

72 - 9 =　　45 - 6 =　　32 - 4 =

2. 笔算。

43 - 26 =

34 - 17 =

70 - 28 =

81 - 36 =

二、易错填空题

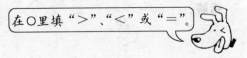
在○里填 ">"、"<" 或 "="。

50 - 28 ○ 32　　42 - 15 ○ 17

34 - 15 ○ 19　　80 - 27 ○ 63

54 - 18 ○ 68 - 28

62 - 23 ○ 70 - 32

三、易错应用题

1. 折飞机。

我们一共折了34架纸飞机。

送给幼儿园 18 架。

还剩多少架?

2. 擦桌子。

我擦了 24 张桌子。

我擦了 28 张桌子。

我擦了19 张桌子。

小明　　小红　　小华

(1) 小红比小华少擦几张桌子?

(2) 请你提出一个用减法解的问题并解答。

单元综合练习

 错解题改正训练

【题目1】 笔算 56 - 29。

错解：
$$56 - 29 = 37$$

$$\begin{array}{r} 56 \\ -29 \\ \hline 37 \end{array}$$

正解：

【题目2】 笔算 80 - 38。

错解：
$$80 - 38 = 58$$

$$\begin{array}{r} 80 \\ -38 \\ \hline 58 \end{array}$$

正解：

 易错题分类练习

一、易错计算题

$$34 + 45 =$$

$$70 - 39 =$$

$$64 - 38 =$$

$$53 - 27 =$$

二、易错填空题

$>$ $<$ $=$ 小雨点落到哪里？

$39 - 4 \bigcirc 18 + 19$ $74 - 8 \bigcirc 27 + 39$

$62 - 23 \bigcirc 70 - 38$ $43 - 9 \bigcirc 28 + 7$

$83 - 16 \bigcirc 54 - 9$ $25 + 16 \bigcirc 62 - 13$

三、易错连线题

1. 开锁。

43-16   28+36   70-23   32+39

47   27   71   64

2. 送信。

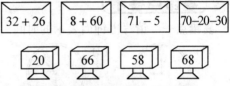

32 + 26   8 + 60   71 - 5   70-20-30

20   66   58   68

29 + 37   82 - 24   87 - 67   90 - 22

四、易错应用题

1. 看书。

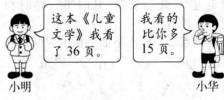

这本《儿童文学》我看了 36 页。

我看的比你多 15 页。

小明   小华

（1）小华看了多少页？

（2）他俩一共看了多少页？

2. 买玩具。

18元   52元   34元

（1）"奥特曼"比飞机贵多少元？

（2）汽车比飞机便宜多少元？

十四、认识时间

1. 认识钟面:12 个大格、60 个小格、分针、时针;
2. 认识时间:整时、几时半、几时几分。

易错点警示

易错点一 请写出钟面表示的时间。

(1) (2)

警示:钟面上长针是分针,短针是时针,要区分清楚。分针正好指着 12,时针指着"几"就是"几"时整,分针指着"6",时针走过了"几",就是"几时半",整时和半时不能混淆。

易错点二 读出下面钟面的时间。

(1) (2)

警示:(1) 时针刚走过"5",是 5 时刚过,分针指着"1"表示分针走了 1 大格,1 大格是 5 分,钟面时间是 5 时 5 分,还可以记作 5:05(分钟数不满"10"时,要加 0)。

(2) 时针走过"9",快到"10"了,是快 10 时了,也就是 9 时多,分针刚过"11"又 1 小格,11 个大格是 55 分,加 1 小格是 56 分,还可以倒过来数,分针离"12"还差 4 小格,60 − 4 = 56 分。钟面时间是 9 时 56 分,千万不能读成 10 时 56 分。

易错点题例

题例 写出钟面上所表示的时间。

错解✗ 9 时 55 分 (或 9:55)

错误原因分析 当时针很接近"9"并没有走过"9"时,是 8 时多。快 9 时了,但不是 9 时多。

解题思路点拨 看钟面上的时间,要根据时针和分针的位置共同来确定。先看时针在哪两个数之间,确定几时多(时针走过了几时,就是几时多);再看分针指向哪儿,根据每一大格的刻度对应多少分来确定是几时几分。也可以先根据分针的位置确定是多少分,再根据时针确定是几时几分。

正解✓ 8 时 55 分(或 8:55)

变式小练习
填出钟面上的时间。

(1) (2)

( ) ( )

(3) (4)

( ) ( )

1. 认识整时

【题目1】 根据钟面下面的时刻,画上时针和分针。

5时

错解:

正解:

【题目2】 庆"六一"的联欢会2时整开始,120分钟后结束。结束时是几时?

错解: 3时整

正解:

一、易错填空题

1. 8时到10时,中间经过( )小时。

2. 7时起,过1小时是( )时。

3. 中午12时到下午2时,经过了( )个小时。

4. 快乐的一天。(根据图中内容写整时)。

( )　　　( )

( )　　　( )

5. 看钟面填时间。

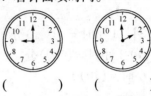

( )　　　( )

二、易错判断题(对的打"√",错的打"×")

1.　　　　　2.

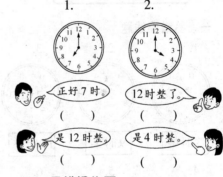

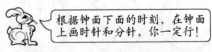

三、易错操作题

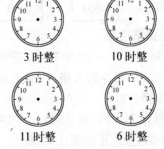

根据钟面下面的时刻,在钟面上画时针和分针,你一定行!

3时整　　　10时整

11时整　　　6时整

2. 认识几时半

【题目1】 写出下面的时间。

错解:9时半(或9:30)

正解:

【题目2】 1小时=( )分

错解:(1) 1小时=(100)分

(2) 1小时=(10)分

正解:

易错题分类练习

一、易错连线题

1.   2.   3.

| 3时整 | 9时半 | 10时整 |

4.   5.   6.

| 10:30 | 4:00 | 5:30 |

二、易错填空题

1. 钟面上有( )个数字,把钟面分成了( )个相等的大格,钟面上还有( )个小格。

2. 时针走1大格,也就是( )小时。时针走1小时,分针正好走( )圈。

1小时=( )分

3. 10时30分时,时针指向数字( )和数字( )之间,分针指向数字( )。

三、易错判断题(读对的打"√",读错的打"×")

1.
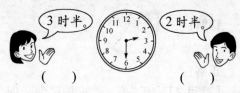

( ) ( )

2.
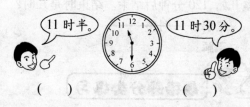

( ) ( )

3.

( ) ( )

四、易错操作题

根据时刻添上时针和分针。

1:30   7:30

3. 认识几时几分

【题目1】 写出钟面上的时刻。

(1) 　　(2)

错解:(1) 8:07　(2) 10:57

正解:

【题目2】 刘叔叔要把一截木头锯成3段,锯一次要4分钟,他锯完这截木头一共要( )分钟。

错解:12

正解:

一、易错填空题

1. 分针转过1小格是( )分,转过1大格是( )分,转1圈是( )分。

2. 时针从"2"走到"5",经过了( )小时。

3. 写出钟面上的时刻。

( )时( )分　　( )时( )分
( ):( )　　　( ):( )

再过10分是　　　再过5分是
( )时( )分。　　( )时( )分。

二、易错连线题

1.

| 4:50 | 2:03 | 11时17分 |

2.

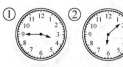

| 8:20 | 3:45 | 6:08 |

三、易错操作题

根据时间,在钟面上添上时针和分针。

4时15分　　6时50分

12时25分　　9:07

四、易错应用题

小明到火车站去接奶奶。

奶奶坐的火车要晚点。

由于天气的原因,9时20分的火车要晚点30分到站。

奶奶坐的火车晚点后( )时( )分到站。

单元综合练习

 错解题改正训练

【题目1】 5时30分再过40分是( )时( )分。

错解:5时70分

正解:

【题目2】 先写出钟面上的时刻,再求出经过的时间。

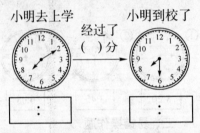

小明去上学　　经过了　　小明到校了
( )分

错解:

7:02　经过了(4)分　7:30

正解:

 易错题分类练习

一、易错填空题

1. 1 小时 =( )分　60 分 =( )小时

　 2 小时 =( )分　120 分 =( )小时

2. 时针从"3"走到"7",经过了( )小时。

3. 分针从"3"走到"7",经过了( )分。

4. 钟面上最大的数是( ),最小的数是( )。

5. 6 时整时,钟面上的分针指着数字( ),时针指着数字( )。

6. 7 时 25 分,时针已经走过了数字( ),还没有走到数字( )。

二、易错连线题

1. 　　6:45

2. 　　4:00

3. 　　8:22

4. 　　9:30

三、易错比较题

> 　 < 　 = 　填在哪里?

1 小时○55 分　　半小时○30 分

半小时○20 分　　60 分○1 小时

1 小时○100 分　　40 分○1 小时

四、易错应用题

看电影。

电影还要20分钟开始。

电影开始的时间是( )。

十五、统　　计

知识点清单

1. 认识象形统计图;
2. 简单的统计表的认识;
3. 收集和整理数据的方法;
4. 认识条形统计图。

易错点警示

易错点一 根据下图填空。

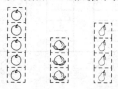

⚪有( )个,⚪有( )个,⚪有( )个。

警示:数的时候要有顺序地数,要细心,千万不要数错。

易错点二 将统计表填写完整。

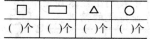

□	▭	△	○
( )个	( )个	( )个	( )个

警示:为避免统计数据时出现错误,数图形时,要按一定的顺序去数(从上到下或从左到右),或边数边做标记,千万不能漏数和重复数。

易错点题例

题例 涂一涂,填一填。

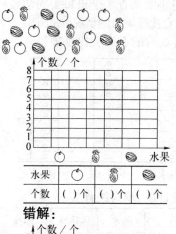

水果	⚪	🍍	🍉
个数	( )个	( )个	( )个

错解:

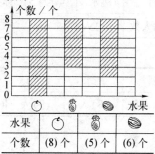

水果	⚪	🍍	🍉
个数	(8)个	(5)个	(6)个

错误原因分析 不了解涂统计图应从下往上,数数时出现漏数(🍍)和重复数(🍉)的现象。

解题思路点拨 先数出各种水果的个数,再在统计图中涂色,1格代表1个水果,涂时应从下(也就是从0)开始往上涂,有几个水果就涂几格,再把结果填入统计表。

正解:

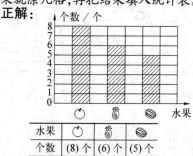

水果	⚪	🍍	🍉
个数	(8)个	(6)个	(5)个

1. 象形统计图和简单的统计表

【题目】小明调查了全班每个同学最喜欢看的亚运会比赛项目的情况,如下图。

最喜欢看的亚运会比赛项目

跳水	乒乓球	体操

根据统计图,填写统计表。

运动项目	跳水	乒乓球	体操
最喜欢看的人数	( )人	( )人	( )人

错解:

运动项目	跳水	乒乓球	体操
最喜欢看的人数	(8)人	(9)人	(8)人

正解:

 易错题分类练习

一、易错填表题

数一数,填一填。

图形	▯	▭	▱	△	○
个数	( )个	( )个	( )个	( )个	( )个

二、易错统计题

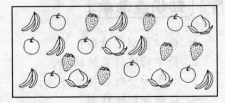

1. 把统计图填完整。

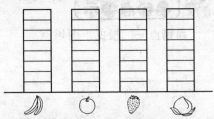

2. 看图回答问题。

(1) 🍌有( )个,🍎有( )个,
🍓有( )个,🍑有( )个。

(2) ( )最多,( )最少。
( )和( )同样多。

三、易错应用题

我统计了我们小组本周数学作业得优的情况。

姓名	得优情况	姓名	得优情况
小华	✓✓✓✓✓✓	小明	✓✓✓✓✓✓
小丽	✓✓✓✓✓	小芳	✓✓✓✓

填表。

姓名	小华	小丽	小明	小芳	一共
次数					

2. 简单的条形统计图

 错解题改正训练

【题目】 先涂色,再填空。

(1) 涂色。

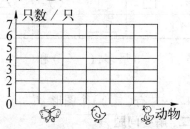

(2) 填空。

动物	🦋	🐤	🐥
只数/只			

① ( )最多。

② ( )最少。

③ 一共有( )只。

错解:

(1)
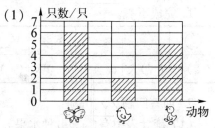

(2)

动物	🦋	🐤	🐥
只数/只	6	4	5

① (蝴蝶)最多。

② (鸡)最少。

③ 一共有(15)只。

正解:

 易错题分类练习

下面是某地一个月的天气情况。

日期	1	2	3	4	5	6	7	8	9	10
天气	☀	☀	⛅	☀	☀	☀	☁	☀	⛅	🌧
日期	11	12	13	14	15	16	17	18	19	20
天气	☁	☀	☀	⛅	☀	☁	☀	⛅	⛅	🌧
日期	21	22	23	24	25	26	27	28	29	30
天气	☁	🌧	⛅	⛅	☀	⛅	☀	☀	⛅	☁

1. 根据上表涂一涂。

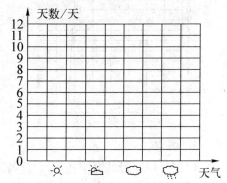

2. 填表。

天气	☀	⛅	☁	🌧
天数/天				

3. 回答问题。

(1) 这个月共有( )天。

(2) 这个月有( )个晴天(☀),
有( )个雨天(🌧)。

(3) 从统计图和统计表中你还了解了哪些信息?请写出两条。

单元综合练习

【题目】 一(1)班选班长,选票统计如下表(每人只投一票)。

李军	王海	张洋	吴飞
正 正 一	正 正	正 正 正	正 一

1. 完成统计表。

李军	王海	张洋	吴飞
( )票	( )票	( )票	( )票

2. 完成统计图。

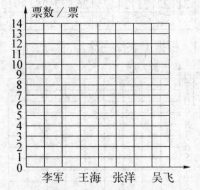

3. 填空。

(1) 一(1)班共有学生( )名。

(2) 根据统计来看,班长是( )。

错解:3. (1) 36

(2) 李军

正解:

 易错题分类练习

一、填一填。

1. 用画"正"字的方法整理数据。

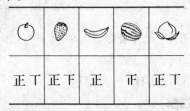

2.

图形	□	□	○	△
个数/个				

3. ( )最多,( )和( )同样多。

4. 一共有( )个图形。

二、解答问题

小明调查了一年级一些同学最喜欢吃的水果(每人只填 1 种)得到了下面的记录单。

正 丁	正 下	正	正	正 丁

1. 完成下表。

( )人	( )人	( )人	( )人	( )人

2. 回答问题。

(1) 统计表中有( )种水果。

(2) 小明调查了( )人。

(3) 喜欢吃( )的人最多,喜欢吃( )的人最少。

(4) 从表中你还可以获得哪些信息?请写出两条。

十六、找 规 律

知识点清单

1. 图形的变化规律;
2. 图形和数字的变化规律;
3. 数字排列的规律。

易错点警示

易错点一 画一画,写一写。

○　　○○　　○○○　　○○○○
1　　 3 　　　5 　　　 7 　　 ___ , 。

警示:题中的图形和数字都是相对应的,图形每次增加2个,数字每次加2。观察时要仔细,并且不能只看前两个数就以为找到规律了,还要看接下来的已知图形和数字是否存在同样的规律。否则就要重新寻找规律。

易错点二 找规律填数。

(1) 12　10　8　6　4 ___
(2) 1　2　3　5　8　13 ___ ___

警示:(1)先观察数字排列是从大到小,再观察两数之差是2,即前面的数减2,得到后一个数。

(2)是从小到大排,两数之差好像没有什么规律。再观察可知前两数之和等于第三个数。

要注意发现数字的变化规律。可以通过观察、比较、计算来找到规律。

易错点题例

题例1 找规律接着画。

△○△○△○△___ ___ ___

错解✗ △　　○　　△　　○

错误原因分析 没有仔细观察,图形是△○交替循环出现,但最后一个是△,接着就不能再画△了。

解题思路点拨 首先要仔细看,找到△○交替循环出现的规律,再看最后是什么图形,确定自己应先画什么图形。

正解✓ ○　　△　　○　　△

变式小练习1

接着画下去。

(1) □○△□○△ ___
(2) ☆○○△ ☆○○△ ☆_ _ _

题例2 按规律接着写。

9　19　29　39　（　　　）（　　　）

错解✗ 59　69

错误原因分析 只注意表面上看个位上的数都是9,没有找到规律就盲目填写。

解题思路点拨 先比较相邻两数,用计算的方法找到规律,再根据规律填写。

正解✓ 49　59

变式小练习2

接着写。

(1) 47　42　37　32　（　）（　）
(2) 12　18　24　30　（　）（　）

1. 找图形变化的规律

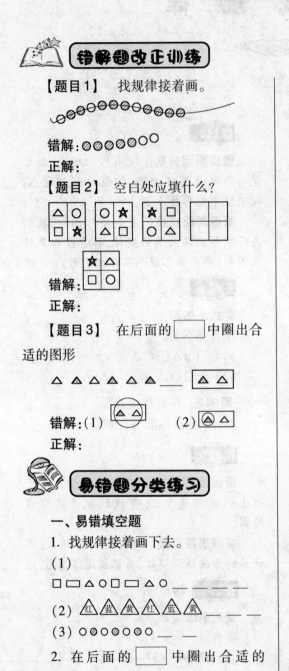

【题目1】 找规律接着画。

错解：

正解：

【题目2】 空白处应填什么？

错解：

正解：

【题目3】 在后面的 □ 中圈出合适的图形

错解：(1) (2)

正解：

易错题分类练习

一、易错填空题

1. 找规律接着画下去。

(1)
□ ○ △ ○ □ ○ △ ○ ＿ ＿ ＿

(2) 红 蓝 黄 红 蓝 黄 ＿ ＿ ＿

(3) ◎○◎○◎○ ○ ＿ ＿

2. 在后面的 □ 中圈出合适的图形。

(1)

(2) ♀ ♀♀ ♀ ♀ ＿

(3) ★△○ ★△○ ＿

3.

二、易错选择题

选择正确答案的序号填在( )里。

1. ○○○○( )○○○○○○○

(1) ○○○○ (2) ○○○○

(3) ○○○○○

2. △□ ( ) △□

(1) (2) (3)

3. ○○□□( )△

(1) □ (2) ○ (3) △

4. ★○△★○( )★○△

(1) ★ (2) △ (3) ○

5. 红 蓝 蓝 红 蓝 □ □

(1) 蓝 红 红 蓝 蓝 蓝

三、易错操作题

自己有规律地涂色，再写出规律是什么。

1. ○○○○○○○○○○

规律是：＿＿＿＿＿＿

2. ᒆᒆᒆᒆᒆᒆᒆᒆᒆᒆ

规律是：＿＿＿＿＿＿

2. 找图形与数字的变化规律

 错解题改正训练

【题目1】 找规律,接着画图形、填数字。

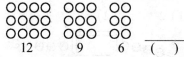

1　　3　　5　　（　）

△△
△△△
△△△

错解：(6)

正解：

【题目2】 按图画一画,写一写。

○○○○　○○○　○○
○○○○　○○○　○○
○○○○　○○○　○○
12　　　9　　　6　　（　）

○○
○○

错解：(4)

正解：

 易错题分类练习

一、易错填空题

1. 按图画一画,写一写。

(1) △△○○ △△△ ○○　____,____。
　　3　2　　3　　2　（　）（　）

(2) □△□△　____　____
　　3　1　3　1　（　）（　）

(3) ○○○○ ○○○ ○○　____,____
　　8　　　6　　　4　（　）（　）

(4) △ △ △ △　____,____。
　　3　6　3　6　（　）（　）

(5)
○　○○　○○○　○○○○
○　○○　○○○　○○○○
○　○○　○○○　○○○○
○　○○　○○○　○○○○
○　○○　○○○　○○○○
5　10　　15　（　）（　）

二、易错选择题

1.

1　2　1　2　1　（　）

(1) 🍌　(2) 🍎　(3) 🍎🍎

2.
⊕○ ⊕○ ⊕（　）

(1) ⊕　(2) ○　(3) ⊕○

3.
□ ⊟ ⊞ ⊞　（　）
1　2　3　4

(1) ⊞　(2) ⊟　(3) ⊞
　　5　　　3　　　6

4.
△△△△ △△△ △
8　　　6　　（　）2

(1) △　(2) △△　(3) △△
　　3　　　5　　　　4

三、易错操作题

自己创作一幅数字与图形的变化规律的图,画在下面。

作品展示

95

3. 找数字排列的规律

【题目1】 找规律,填一填。

错解:10   17

正解:

【题目2】 找规律填数。

错解:15   96

正解:

一、易错填空题

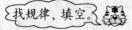

找规律,填空。

1. 50 45 △ 35 △

2. 2 6 10 18

3. 36 30 24 □ 12

4. 90 70 50 10

5. 15/7/2/6   30/12/8   50/15/25

6. 30 20/10   55 30   100/80

7.
| 3 | 6 |
| 9 | 12 |

| 4 | 7 |
| 10 | |

| 5 | 8 |
| | 14 |

8.
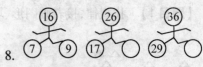

二、易错选择题

把正确答案的序号填入(   )里。

1. 1,2,3,5,8,13,(   )。
(1) 19   (2) 15   (3) 21

2.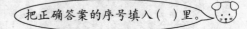
(1) 2   (2) 36   (3) 18

3. 盒子里的珠子是(   )。
(1)   (2)   (3)

4.
| 20 | 6 |
| 16 | 30 |

| 24 | 62 |
| 40 | 2 |

| 30 | ( ) |
| 48 | 60 |

(1) 8   (2) 18   (3) 78

三、易错判断题

写出一组数,每相邻两个数相差2。写对了的打"√",写错了的打"×"。

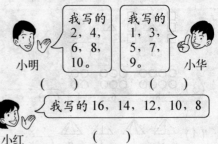

小明   我写的 2,4,6,8,10。   (   )

我写的 1,3,5,7,9。   小华   (   )

小红   我写的16,14,12,10,8   (   )

单元综合练习

错解题改正训练

【题目1】 找规律填数。

1,5,2,5,3,5,( ),( )。

错解:6 7

正解:

【题目2】 找规律填数。

1,4,5,9,14,( ),( )。

错解:22 36

正解:

易错题分类练习

一、易错画图题

1. 观察每组图形的变化规律,然后按这个规律在空格中画图形。

(1)

(2)

(3)

(4)

2. 找规律接着画。

(1) ○◐○○◐○ ___

(2) △△△△△△△ ___

(3) □△○□ □△○□ ___

二、易错填空题

1. 按规律填数。

(1) 0,6,12,18,( ),( )。

(2) 60,50,40,30,( ),( )。

(3) 11,13,15,17,( ),( )。

(4) 80,75,70,65,( ),( )。

2. 找规律,画图形,填数字。

(1)
4   3   4   3   ( ) ( )

(2)
1   2   2   1   2 ( ) ( )

(3)
1   2   1   3   1 ( )

(4) ⊖ ⊕ ⊖ ⊕ ___ ___
2   4   2   4   ( ) ( )

三、易错选择题

1. 在后面的方框里,圈出合适的图形。

(1) ★○★○★ ○★ ___ |★ ○|

(2) 🍎🍐🍎🍐🍎 🍐🍎 ___ |🍎 🍐|

2. 在后面的方框里,圈出合适的数字。

(1) 3,6,5,6,7,6, ___ |9 6|

(2) 90,80,70,60, ___ |40 50|

(3) 48,42,36,30, ___ |24 36|

(4) 6,10,14,18, ___ |20 22|

十七、观察与测量

1. 观察物体:从两个方向观察同一物体的形状。

2. 测量:
(1) 认识厘米,用厘米量;
(2) 认识米,用米量。

 易错点警示

易错点一 他们分别看到的是什么?请你画一画。

警示:站的位置不同看到的形状是不同的。要分辨出谁看到的是什么图形,关键是要弄清他看到的是物体的哪一面。

易错点二 小刀有多长?

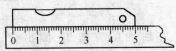

警示:要准确地量出小刀的长度,先要将小刀的一端对着尺子的"0"刻度,再看小刀的另一端对着"几",就是小刀的长度。

 易错点题例

题例1 铁钉长几厘米?

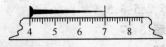

错解✕ 铁钉长7厘米。

错误原因分析 尺子的两头都断了,一端并没有对着"0"刻度,因此另一端对的"7"厘米并不是铁钉的长度。

解题思路点拨 用终点"7"减去起点"4",得到的才是铁钉的长度。

正解✓ 铁钉长3厘米。

题例2 选择合适的单位名称填空。

教室的门高2( )。(填"米"或"厘米")

错解✕ 厘米

错误原因分析 对"厘米"和"米"的概念混淆不清。

解题思路点拨 明确"厘米"和"米"的实际长度。

正解✓ 米

变式小练习

1. 铅笔长( )厘米。

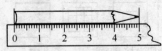

2. 选"米"和"厘米"填空。
(1) 一棵大树高8(   )。
(2) 小明身高120(   )。

1. 观 察 物 体

【题目1】 它们各看到的是数字几？

小狗看到的是( ),小猫看到的是( )。

错解:2　3

正解:

【题目2】 在方格里画出左边物体从正面和侧面看到的图形。

 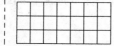

错解: 正面:　　侧面:

正解:

易错题分类练习

一、易错判断题

是是非非我来判,对的打"√",错的打"×"。

1.

从一辆汽车的前面和侧面看到的图形是不同的。

( )

2.

站在教室前面和站在教室后面拍摄的照片是一样的。

( )

3.

观察同一物体时,站的位置不同,看到的形状一般也不相同。

( )

二、易错连线题

1.

2.

三、易错操作题

1. 在方格里画出左边的物体从正面看到的图形。

2. 在方格里画出左边的物体从侧面看到的图形。

3. 在方格里画出左边的物体从上面看到的图形。

2. 认识厘米

【题目1】 下面的量法对吗？

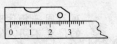

小刀长3厘米。

错解：对

正解：

【题目2】 铅笔长( )厘米。

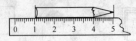

错解：5

正解：

【题目3】 下面是线段的打"√"，不是线段的打"×"。

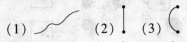

错解：(1) ×　(2) √　(3) √

正解：

易错题分类练习

一、易错判断题

1. 小明要测量一个长方形的长，下面的方法哪一种是对的？对的在括号里打"√"，错的打"×"，并说一说长方形的长是多少厘米？

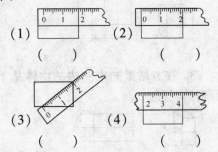

这个长方形的长是( )厘米。

2. 下面的图形是线段的打"√"，不是线段的打"×"。

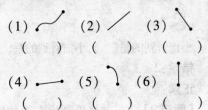

(1)　　(2)　　(3)
( )　　( )　　( )

(4)　　(5)　　(6)
( )　　( )　　( )

二、易错操作题

1. 画一条3厘米长的线段。

2. 画一条比8厘米短6厘米的线段。

三、易错填空题

1. 下面的图形各由几条线段围成？填在( )里。

( )条　( )条　( )条

2. 下面的图中共有几条线段？数一数填在( )里。

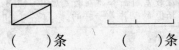

( )条　　( )条

3. 认 识 米

【题目1】 比一比。(填 ">"、"<" 或 "=")

20 厘米 ○ 2 米　　99 厘米 ○ 1 米

39 厘米 ○ 40 厘米　25 米 ○ 19 米

错解：=　　>　　<　　>

正解：

【题目2】 大树高多少米?

我每天爬3米, 4 天能爬到树顶。

错解：3 + 4 = 7(米)

正解：

易错题分类练习

一、易错填空题

1. 在( )里填上"米"或"厘米"。

(1) 1 支铅笔长 15( )。

(2) 一栋六层楼房高 18( )。

(3) 教室里黑板的长边长 3( )。

(4) 小明身高 120( )。

(5) 学校的操场长 60( )。

2. 在○里填上 ">"、"<"或 "="。

3 米 ○ 30 厘米　100 厘米 ○ 1 米

6 厘米 ○ 8 厘米　1 米 ○ 80 厘米

15 米 ○ 12 米　98 厘米 ○ 2 米

20 米 ○ 60 厘米

1 米 ○ 40 厘米 + 60 厘米

二、易错计算题

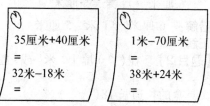
35厘米+40厘米
=
32米−18米
=

1米−70厘米
=
38米+24米
=

三、易错应用题

1.

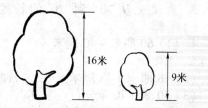
我已经爬了43厘米, 还有48厘米就到家了。

43厘米　　48厘米

2.

16米　　9米

大树比小树高多少米?

3. 一根绳子长 21 米,用去 15 米,还剩多少米?

4.

我身高1米啦!

我身高90厘米。

小明　　　　　小芳

小明比小芳高多少厘米?

单元综合练习

错解题改正训练

【题目1】 比大小。
　　　　6厘米 ○ 1米 − 5厘米
错解： 6厘米 = 1米 − 5厘米
正解：
【题目2】 在( )填上"米"或"厘米"。
文具盒的长边长18( )。
错解：米
正解：

易错题分类练习

一、易错填空题

1. 从不同的位置观察同一物体,所看到的形状可能是( )的。

2. 我认识了两个长度单位,它们是( )和( )。

3. 直尺上从"0"到"6"的长度是( )厘米。

4. (1) 60厘米 + 40厘米 = ( )厘米 = ( )米
　(2) 18厘米 + 25厘米 = ( )厘米
　(3) 30米 + 70米 = ( )米

5. 按从大到小的顺序排一排。(填序号)
① 40厘米　② 4米　③ 65厘米
④ 1米　　⑤ 125厘米
( ) > ( ) > ( ) > ( ) > ( )

二、易错判断题

谁说得对? 对的画"√",错的画"×"。

1.

量比较短的物体,常用"米"作单位。
( )

2.
我的课桌高80米。
( )

3.
我比爸爸矮10米。
( )

4.

小明身高90厘米,再长10厘米,他正好是1米。
( )

三、易错连线题

1. 谁看到的连一连。
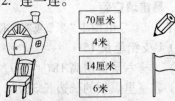

2. 连一连。

| 70厘米 |
| 4米 |
| 14厘米 |
| 6米 |

四、易错应用题

1. 教室长10米,长比宽多3米,教室宽多少米?

2. 一根彩带长90厘米。
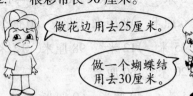
做花边用去25厘米。
做一个蝴蝶结用去30厘米。

这根彩带还剩多少厘米?

全国小学生数学神机妙算杯——易错题

竞 赛 卷

一、填一填

1. 一个数的十位是9,个位是8,这个数是(　　)。

2. 47 后面的第 5 个数是(　　)。

3. 把卡片上的数填入括号里。

(　)>(　)>(　)>(　)>(　)>(　)

4. 找规律,接着画,接着填。

(1)

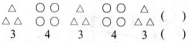

3　　4　　3　　4　　(　)

(2) 1,2,5,2,9,2,13,2,(　),(　)

(3)

二、小小神算手

74 + 6 =

63+9-40=

45-8+30=

85 - 3 =

54- 5- 7=

46 + 20 =

52 - 7 =

7+32 +6=

三、动物之家(找一找,填一填)

1. 鸡在第(　　)层第(　　)个。

2. 马在猴的(　　)边,在蜜蜂的(　　)面。

3. 猫在兔的(　　)边,在蜜蜂的(　　)面。

第三层
第二层
第一层

第1个　第2个　第3个

四、我会比大小

1.

1元8角 ○ 20角
15角 ○ 1元5角
4元8角 ○ 40角

2.

1小时 ○ 60分
半小时 ○ 45分
15分+25分 ○ 30分

3.

100厘米 ○ 2米
46米 ○ 46厘米
30厘米+70厘米 ○ 1米

4.

15+30 ○ 50
48-7 ○ 40
86-20 ○ 66

五、想一想,写一写

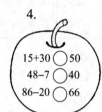

过5分是　　　过10分是　　　过20分是

六、统计

1.

统计每种图形的个数。

图形	个数
□	
▭	
△	
○	

2. 看图填表并解答。

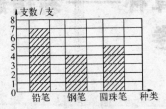

(1)

种类	铅笔	钢笔	圆珠笔
支数	( )支	( )支	( )支

(2) ( )最多, ( )最少。

(3) 列算式:三种笔一共有多少支?

□○□○□=□(支)

七、把下面的课本分类,你有几种分法?

 1. 语文 一年级 人民教育出版社
 2. 数学 三年级 西南师范大学出版社
 3. 语文 三年级 北京师范大学出版社

 4. 数学 二年级 北京师范大学出版社
 5. 语文 二年级 西南师范大学出版社
 6. 数学 一年级 人民教育出版社

分法一
分法二
分法三

八、连一连(谁看到的)

九、解决问题

1. 一(1)班的人数接近50人,一(1)班可能有多少人?(在合适的人数下画"√")

39 人	48 人	57 人

2.

红花10朵 黄花25朵 紫花8朵

(1) 三种花一共有多少朵?

□○□○□=□(朵)

(2) 紫花比黄花少多少朵?

□○□=□(朵)

3.

我们班这次有18名男生和16名女生入队啦!

准备了40条红领巾,够吗?

4. 我是图书管理员。

借出54本,还剩9本。

图书室原有多少本书?

5.

54元 46元 39元

(1) 裙子比上衣便宜多少元?

(2) 小明付了50元,找回11元,他买了什么衣服?

(3) 请你再提出一个问题并解答。

参 考 答 案

一、数 一 数
变式小练习　6　4　8
数 一 数
错解题改正训练
【题目1】　3　5　8　【题目2】　4　6　8　10
易错题分类练习
一、1. 5　2. 4　5　3　7
二、1.（√）　　2.（√）　　3.（√）
三、6个苹果连6个△　8个草莓连8个○
　　　10个樱桃连10个□
单元综合练习
错解题改正训练
【题目1】　不正确，有7个苹果。
【题目2】
●●●●●　●●●●●　●●●●●
○○○○○　●●●○○　●●●●●
易错题分类练习
一、（2　③　4）（5　⑥　7）
　　（6　7　⑧）（8　9　⑩）
二、1. 0　3　4　5　2. 0　2　3　5
　　3. 2　7　6　9
三、1. √　2. ×

二、比 一 比
变式小练习　1.（1）多　（2）少
　　　　　　　2.　<　>　=
1. 比多少　比大小
错解题改正训练
【题目1】　(2)号杯子里的水最多,(1)号杯子里的水最少
【题目2】　花儿少 √
易错题分类练习
一、1.（1）少，多　（2）多，少
　　2. >　<　<　<　>　<
二、1. ✿ √　 🍃 △　　 □ √ △ 2. △ √ △

三、1. 5个 √　2. 6个 √
2. 比高矮　比长短
错解题改正训练
【题目1】　女生 △　男生 √
【题目2】　(2) √　(3) △
易错题分类练习
一、1.（1）高　矮　（2）高　矮
　　2.（1）长　短　（2）长　短
二、1.（3）√　（2）△
　　2.（1）√　（3）△
三、小华
3. 比轻重　比厚薄
错解题改正训练
【题目1】　🍍△　🧄 √
【题目2】　(1) △　(2) √
易错题分类练习
一、1.（1）轻　（2）重
　　2.（1）厚　（2）薄
二、1.（1）△　√　（2）√ △　2.（2）√　（3）△
　　3.（1）√　（3）△
　　4.（1）√　（3）△
单元综合练习
错解题改正训练
【题目1】　2. √
【题目2】　第2条路 √
易错题分类练习
一、1. ○　△　△　○　2. 少　多
二、1. 画7个○　2. 画5个□
三、1. √　△　2. △ √　3. △ √

三、10 以内数的认识
变式小练习　6　4　6

105

1. 10以内数的认识

错解题改正训练

【题目1】 5 【题目2】 (1)4,3,2,1,0,5

(2) 3,2,1,0,4

易错题分类练习

一、1. 9 2. 4 3. 7

4. 2 4 5 7 8 9 10

9 8 6 5 3 2 1

二、小鸭连鱼 萝卜连花 桃连蜜蜂

旗连星星 气球连笔

三、1. < > > <

2. 10 5 5 5 5

2. 几个和第几个

错解题改正训练

【题目1】 1. 5 2. 4 3 4 2 3.

【题目2】 有6位小朋友。

易错题分类练习

一、1. 写数字(1) 10 (2) 6 (3) 8 2.(1) 8

二、1. △△△△△▲△△△

2. ●●●●○○○○○

三、1. ✓ 2. ✗ 3. ✓

单元综合练习

错解题改正训练

【题目1】 6 10 0

【题目2】 1. 7 6 4 2 1 0

2. 0 1 2 3 5 6 8 9 10

易错题分类练习

一、1. 6 4 3;4 8 2. 8 2

3. (1) 4 2 0 (2) 3 5 0

二、1. < < > >

2. 10 9 7 5 3

三、1. (1) 5 (2) 5 (3) 4 2. 6人

四、认识物体和图形

变式小练习1 (1) ✓ ✓ ✗ ✗ ✓

(2) ✗ ✗ ✓ ✓

变式小练习2 (1) 4 6 4 4

(2) 5 4 8 5

1. 认识物体

错解题改正训练

【题目1】 (1) ✓ (2) ✓ (3) △ (4) △

(5) ✓

【题目2】 (1) ✓ (2) ✗ (3) ✓ (4) ✗ (5) △

---

(6) ✗ (7) △ (8) ✗

易错题分类练习

一、3 2 3 2

二、EVD 和茶叶盒连长方体 篮球连球 魔方连正方

体 奶粉盒连圆柱

三、1. 不是 2. 不是 3. 是 4. 不是

2. 有趣的拼搭

错解题改正训练

【题目1】 (1) ✓ (2) ✗ (3) ✗

【题目2】 1 3 7 4

易错题分类练习

一、1. ✓ ✓ ✗ ✓ 2. ✓ ✗ ✓

二、✓ ✗ ✗ ✓

三、1. 3 3 4 8 2. (1) 5 (2) 5 (3) 6

3. 认识图形

错解题改正训练

【题目1】 6个 【题目2】 不对

【题目3】 不对

易错题分类练习

一、1. 4 5 5 3

2. ① ⑤ ⑨;③ ⑥ ⑩;② ⑦;④ ⑧

二、1.

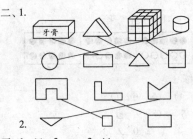

2.

三、1. ✗ 2. ✓ 3. ✗

4. 拼组图形

错解题改正训练

【题目1】 (1) ✓ (2) ✗ (3) ✗

【题目2】 不对

易错题分类练习

一、1. (1) (有不同画法)

(2) (有不同画法)

2. (1) 2 正方 (2) 2 长方

二、1. 6 6 2. 4 4 3. 圆 4. 3

5. 4 3 6 3

三、1.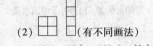

单元综合练习

错解题改正训练

【题目】(1) 9　(2) 8

易错题分类练习

一、1. 2 1 6 2　2. 4 1 5 2

二、1. B　2. C　3. A

三、1. ②✓　2. ①✓　3. ①✓　4. ③✓

四、10

五、分　类

变式小练习　3种(按形状分、按颜色分、按大小分)

1. 分类(单一标准)

错解题改正训练

【题目1】　只圈3本书

【题目2】　划去飞机

易错题分类练习

一、1.（1）涂正方形　（2）涂笔

　　（3）涂圆柱　2.（1）划去长方形　（2）划去树叶

二、1. 4 3 2　水果　可以

　　2. 1 2　蔬菜　可以

三、小华拿3颗　小芳拿2颗

　　小明拿4颗

2. 分类(不同标准)

错解题改正训练

【题目】　天上飞的分一类:②④

　　　　　地上跑的分一类:①⑥⑦

　　　　　水上行的分一类:③⑤⑧

易错题分类练习

一、涂色的是:2 4 7 11

二、

三、1. ✕　2. ✓　3. ✓　4. ✕

单元综合练习

错解题改正训练

【题目】　第一种:

　　　　　第二种:

　　　　　第三种:

易错题分类练习

一、1. 白菜✓　2. 苹果✓　3. 上衣✓

二、植物:树　月季花　竹子　菊花

　　动物:虎　马　兔子　鸟

三、1. 画水果　2. 画笔

3. 画蔬菜　4. 画球

四、1. 1 2　2. 4 3　3. 2 3

六、10 以内的加减法

变式小练习1　　（1）3 - 3 = 0(只)

　　　　　　　　（2）8 - 5 = 3(个)

变式小练习2　　（1）8 只　（2）4 个

　　　　　　　　（3）7 - 2 + 4 = 9(只)

1. 得数在5以内的加法

错解题改正训练

【题目1】　5 - 2 = 3　【题目2】　5 - 1 = 4

【题目3】　不正确

易错题分类练习

一、1. 3 1 0

　　2. < = > < > = = =

二、1. 3 + 0→3　2 + 2→4

　　　4 + 1→5　1 + 1→2

　　2. 3 + 1→4　2 + 0→2

　　　2 + 3→5　1 + 0→1

三、1. 5　3 + 2 = 5　5　4 + 1 = 5

　　2. 3 + 1 = 4　3. 2 + 3 = 5

2. 得数在5以内的减法

错解题改正训练

【题目1】　5 - 2 = 3　【题目2】　4 - 1 = 3

【题目3】　4 - 1 = 3

易错题分类练习

一、1. 0 2 1 3 2 1 2 3 0

　　2. 2 5 1 1 1 1 3 0

二、2 1 0 1 3 2 2 2

三、4 - 4→0　3 - 2→1　5 - 1→4　4 - 1→3

四、1.（1）5 - 3 = 2　（2）5 - 1 = 4

　　2. 5 - 3 = 2

3. 得数在5以内的加减法

错解题改正训练

【题目1】　3 4 0 1

【题目2】　> = = <

易错题分类练习

一、1.（1）5 5 5 3 4 5

　　　（2）1 3 4 2 0 4

　　2.（1）3 5 4 2　（2）4 1 5 3

　　　（3）0 4 4 2

二、- + - + + -

三、1. 5 - 3 = 2　2. 2 + 2 = 4　3. 2 + 3 = 5

4. 有关6,7的加减法及应用

错解题改正训练

【题目1】 $6-2=4$　$6-4=2$

【题目2】 $7-4=3$(个)

易错题分类练习

一、1. 7 3 6 6 7 1 5 6
　 2. 7 5 6 5 0 7 6 1

二、1. $3+4→7$　$4+2→6$
　　　 $6-4→2$　$7-4→3$
　 2. $5→7-2$　$3→6-3$
　　　 $6→0+6$　$7→6+1$

三、1. < < = > < >
　 2. − + + − + +
　 3. 1 3 5 3

四、

分给弟弟	1	2	3	4	5	6
自己还有	6	5	4	3	2	1

5. 有关8,9的加减法及应用

错解题改正训练

【题目1】 (1) $9-3=6$　(2) $8-3=5$

【题目2】

```
    ①
②-③-④
    ⑤
```

易错题分类练习

一、1. 6 2　2. 5 6 8　3. 9 3
　 4. 5 3 3 9 2 6 4 7
　 5. < = > < < >

二、8 8 7 6 9 1 8 2 8 9 0 9

三、1. $3+6=9$　2. $8-3=5$

6. 10的加减法及应用

错解题改正训练

【题目1】

```
  10    9    8
 /\   /\   /\
3 7  3 6  4 4
 \/   \/
 10   10
```

(答案不唯一)

【题目2】 (1) 7 9 (2) 6 8 10

易错题分类练习

一、1. 2 2 7 10 10 9 1
　 2. 10 10 3 0 4 10 4

二、1. < < > = < =
　 2. 3 2 2 6 6 3 10 7

三、1. ①　2. ⑨　3. ⑨　4. ④

四、1. $8+2=10$　2. $10-3=7$

7. 10以内的加减法及应用

错解题改正训练

【题目1】 6 4 【题目2】 > <

【题目3】 5 3 8 $5+3=8$

易错题分类练习

一、1. 3 4 3 6 8 9 6 7 2 3

2.
```
③-④-③
 6 0
①-⑤-③
```

二、8 10 9 3 9 7 6 7

三、1. (1) $6+4-1=9$(人)
　　　(2) $10-2=8$(人)，$8-4=4$(人)
　 2. $10-6=4$(人)

8. 连加及应用

错解题改正训练

【题目1】 $4+2+3=9$

【题目2】 $8-3+4=9$

易错题分类练习

一、1. 8 8 9 10 10 10 8
　 2. 7 9 10 7 7 10 10 8 9 9

二、1. < < > = 2. 3 5 1 2

三、× × × ✓

四、1. (1) $3+2+3=8$ (2) $2+2+3=7$
　 2. $4+2+2=8$

9. 连减及应用

错解题改正训练

【题目1】 不对

【题目2】 $10-3-2=5$

【题目3】 $10-5-4=1$

易错题分类练习

一、1. 3 0 2 1
　 2. > < = < > < = <
　 3. 4<5<7<8<9<10

二、✓ × × ✓

三、1. 2 2 1 2 1 2 4 2
　 2. 7 0 1 1 1 4

四、1. $9-2-4=3$　2. $10-3-4=3$

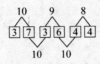

10. 加减混合及应用

错解题改正训练

【题目1】 $4 + 3 - 2 = 5$

【题目2】 $8 - 4 + 3 = 7$

易错题分类练习

一、1. 7 2 1 7

2. = > = > < = < < >

二、9 4 10 1 6 4 3 9

三、1. $10 - 2 - 7 \rightarrow 1$ $3 + 4 + 2 \rightarrow 9$

$9 + 1 - 5 \rightarrow 5$ $9 - 4 + 3 \rightarrow 8$

2. $10 - 3 - 2 \rightarrow 5$ $9 + 1 - 4 \rightarrow 6$

$9 - 8 + 1 \rightarrow 2$

四、$6 + 4 - 7 = 3$

11. 解决问题

错解题改正训练

【题目1】 $6 - 3 + 2 = 5$

【题目2】 $5 + 2 - 3 = 4$

易错题分类练习

一、1. $3 + 4 + 2 = 9$ 2. $6 - 3 + 4 = 7$

3. $7 - 2 - 2 = 3$

二、1. $10 - 3 - 4 = 3$ 2. $9 - 5 - 4 = 0$

3. $3 + 1 + 3 = 7$ 4. $10 - 6 + 3 = 7$

单元综合练习(1)

错解题改正训练

【题目1】 (1) 2   (2) 5   (3) 4

【题目2】 < = < >

易错题分类练习

一、1. (1) 6 4 7 0

(2) 10 5 7 1

2. 5 0 5 5 10 7 6 9

二、1. 5 2 5 9 6 7

2. = < > = < <

三、✓ ✓ × × ✓ ×

四、1. $2 + 6 = 8$ $6 + 2 = 8$

$8 - 2 = 6$ $8 - 6 = 2$(答案不唯一)

2. $8 - 4 = 4$(岁) (两人的年龄差是不会变的)

3. $4 + 5 - 6 = 3$(个)

单元综合练习(2)

错解题改正训练

【题目1】 (1) $2 + 8 = 10$(支)   (2) $8 - 2 = 6$(支)

(3) $8 - 2 = 6$(支)

【题目2】 (1) −   (2) +

(3) −   (4) − −

易错题分类练习

一、1. 4 6 10 6 10 4

2. > > = <

二、1. 5 2 5 8 8 4 4 5 8

2. 9 4 9 5 5 3 3 9 0 0

三、1. $10 - 3 = 7$

2. $9 - 1 - 5 = 3$ 3. $9 - 5 + 2 = 6$

七、11~20各数的认识

变式小练习1   (1) 17   (2) 18   20

(3) 17   (4) 1 8

变式小练习2   (1) 1个十,2个一   (2) 14   (3) 15

(4) 17

变式小练习3   = > = > < <

1. 11~20各数的认识

错解题改正训练

【题目1】 15   20   【题目2】 15

【题目3】 12   【题目4】 16

易错题分类练习

一、1. 13 14 16 17 18 20 2. 13

3. 15 4. 17 5. 20 6. 18 7. 18 19 20

8. < > = > < <

二、1. ×   2. ✓   3. ✓   4. ×

三、十九→19   九→9   二十→20   二→2

四、1. (1) 9   11   (2) 14   12

(3) 12   15

2. (1) 15   (2) 14   (3) 20

2. 10加几及相应的减法

错解题改正训练

【题目1】 不对   【题目2】 B

【题目3】 $12 + 4 = 16$

易错题分类练习

一、1. 4 3 5 6 10 3 4 5

2. (1) 13   11   (2) 8   (3) 14   12

3. > < > =

二、1. B   2. C   3. A

三、1. $10 + 7 \rightarrow 17$ $12 - 10 \rightarrow 2$

$8 + 10 \rightarrow 18$ $16 - 5 \rightarrow 11$

2. $15 - 4 \rightarrow 11$ $3 + 10 \rightarrow 13$

$16 - 10 \rightarrow 6$ $10 + 10 \rightarrow 20$

四、1. $16 - 5 = 11$ 2. 2

单元综合练习

错解题改正训练

【题目1】 不对   【题目2】 4

109

【题目3】 15－10＝5(根)
易错题分类练习
一、1. 个 十 2. 15 3. 19 4. 19
　5. 6 2 6. 一 两 7. 9
　8. (1) 15 16 18 19 (2) 17 15 14
二、1. C 2. B 3. A 4. B
三、16 12 18 13 6 16 13 0 17 19 10 9
四、1. 15－10＝5(道)
　2. 10＋10＝20(本)

八、20以内的进位加法

变式小练习 1. 5 6 6 6 4 5(9有不同拆法)
　　　　　 2. 12 14 12 14

1. 9加几(1)

错解题改正训练
【题目1】 不正确
【题目2】 9＋9－1＝17(人)
易错题分类练习
一、1. 1 3 13;1 4 14;1 6 16;1 5 15
2.

＋	9	1
2	11	3
8	17	9

＋	9	4
3	12	7
5	14	9

3. 16 14 2 13 6 3
二、1. 3 7 9 4 5 8
　2. ＞ ＝ ＜ ＝ ＞ ＞
三、1. 9＋3＝12(只) 2. 14 12 11

2. 9加几(2)

错解题改正训练
【题目1】 ＞ ＝
【题目2】 9－7＝2 9－3＝6
易错题分类练习
一、1. 1 4 14; 1 7 17;
　1 3 13 1 5 15;
　1 2 12 1 6 16.
　2. 9 9 2 0 9 6 9 1 10 3 2 2
二、1. 9＋8→17 9－7→2 9＋6→15
　2. 9＋4→13 9－2→7 9＋9→18
三、16 11 15 19;17 12 14 13
四、1. 9＋5＝14(颗) 2. 9＋8＝17(朵)

3. 8,7,6加几(1)

错解题改正训练
【题目1】 8＋5＝13 7－6＝1
【题目2】 5

一、1. 9 6;6 3;8 6;3 4
　2. － ＋ ＋ ＋ － － ＋
　3. ＜ ＝ ＞ ＞ ＞ ＜ ＞ ＝
二、1. 2 4 14;3 1 11;
　2 5 15;3 3 13;
　4 1 11;4 2 12
　2. 14 13 15 12 10 9 8 11
三、1. 6＋7＝13(个) 2. 8＋7＝15(个)

4. 8,7,6加几(2)

错解题改正训练
【题目】 (1) 8＋4＝12(只)
　　　　 (2) 7＋4＝11(只)
易错题分类练习
一、1. ＜ ＝ ＞;＜ ＝ ＝
　2. ＋ － ＋ ＋ ＋ －
二、1. 14✓ 2. 15✓ 3. 13✓ 4. 11✓
三、1. 13 11 13 15 12;
　13 14 12 11 11
　2. 12 11 14 14 12 11
四、7＋4＝11(只)

5. 5,4,3,2加几(1)

错解题改正训练
【题目1】 对
【题目2】 ⑤ ⑥ ②
　　　　　③ ④
易错题分类练习
一、1. 13 13;11 11;11 12 12
　2. 11 12 13;13 12 11
二、1. ＜ ＝ ＜ ＞
　2. 7 9 2 5 8 8
三、7 4 11 7＋4＝11(个)

6. 5,4,3,2加几(2)

错解题改正训练
【题目】 他做得对,有别的填法。
　　　　 8＋3 7＋5 9＋4
易错题分类练习
一、1. 12 12;14 12 12;11
　2. 12 11 12 12;15 13 13 11
　3. 12 13 12
三、1. 3＋9＝12(个) 2. 4＋8＝12(块)
　3. 7＋4＝11(位) 12＞11 够

110

7. 20以内的进位加法

错解题改正训练

【题目1】>　【题目2】$9 + 9 = 18$

易错题分类练习

一、1. 12　12　1　2　10
　　　12　12　3　2　10
　　　17　17　2　7　10
　　　13　13　1　3　10

　　2. >　<　=;>　=　<

二、1. 11　8　12　12;13　11　14　17
　　2. 14　12　11　12　11　15　12　14　13

三、$7 + 8 \rightarrow 15$　$6 + 7 \rightarrow 13$
　　$5 + 9 \rightarrow 14$　$9 + 6 \rightarrow 15$

四、1. $6 + 5 = 11$(条)
　　2. $7 + 5 = 12$(元)

单元综合练习

错解题改正训练

【题目】$8 + 8 = 16$(元)

易错题分类练习

一、1. +　-;-　+;+　+;-　+

　　2.
	4	
3	7	6
	5	

二、$6 + 8 \rightarrow 14$　　$9 + 4 \rightarrow 13$
　　$7 + 5 \rightarrow 12$　　$2 + 9 \rightarrow 11$

三、11　11　12　11;18　15　15　14

四、1. (1) $5 + 9 = 14$(人)
　　2. $5 + 9 = 14$ 或 $6 + 8 = 14$

九、20以内的退位减法

变式小练习1　7　7　9　9　5　8
变式小练习2　(1) $11 - 5 = 6$
　　　　　　　(2) 15支　8把　6块

1. 十几减9及应用

错解题改正训练

【题目1】6

【题目2】13　9　$13 - 9 = 4$　4

易错题分类练习

一、1. 5　2　3　4;1　6　9　8
　　2. 17　8　3　5　16　7　6　2

二、1. 2　4　3;9　9　9
　　2. <　>　=　>　>　<

三、$8 \rightarrow 17 - 9$　$6 \rightarrow 15 - 9$　$2 \rightarrow 11 - 9$
　　$3 \rightarrow 12 - 9$

四、1. $16 - 9 = 7$(个)　7
　　2. $12 - 9 = 3$(个)　3

2. 十几减8,7及应用

错解题改正训练

【题目】4　4

易错题分类练习

一、1. 8　9　7　5;7　6　8　4
　　2. 6　4　7　5;4　9　5　8

二、$14 - 7 = 15 - 8 \rightarrow 7$
　　$13 - 8 = 12 - 7 \rightarrow 5$
　　$11 - 7 = 12 - 8 \rightarrow 4$
　　$15 - 7 = 16 - 8 \rightarrow 8$

三、>　>　<　=　<　=　>　<

四、1. $15 - 8 = 7$(支)　2. $13 - 7 = 6$(个)

3. 十几减6,5,4,3,2及应用

错解题改正训练

【题目1】$11 - 5 = 6$(个)

【题目2】$5 + 7 = 12$　$7 + 5 = 12$
　　　　　$12 - 5 = 7$　$12 - 7 = 5$

易错题分类练习

一、1. 7　8　9　9;8　8　10　9
　　2. 14　8　11　7　16　11　9　13

二、1. 5　2　6　6　9
　　2. >　=　>　>　<　>

三、1. $11 - 3 = 8$(条)
　　2. $14 - 6 = 8$(辆)　8

单元综合练习

错解题改正训练

【题目】还剩几个苹果? $14 - 8 = 6$(个)

易错题分类练习

一、1. 2　2;4　4;5　5;9　9;
　　2. 8　8　4;7　8　9　9
　　3. 4　13;14　9;12　7;9　13

二、1. (1) $4 + 7 = 11$　$7 + 4 = 11$
　　　　　$11 - 7 = 4$　$11 - 4 = 7$
　　　(2) $7 + 8 = 15$　$8 + 7 = 15$
　　　　　$15 - 7 = 8$　$15 - 8 = 7$
　　2. (1) 7✓　(2) 6✓

三、1. $7 + 5 = 12$(只)　12
　　2. $14 - 8 = 6$(元)　6

111

十、位　置

变式小练习　1. (1) 最上　(2) "爱"　下或"学"　上
(3) 最下
2. (1) 2　(2) 1

1. 上、下、前、后、左、右

错解题改正训练
【题目1】(1) √　(2) ×　【题目2】13　18
易错题分类练习
一、1. (1) 小兰　小明　(2) 小明　小兰
2. 2　香蕉　桃　苹果　桃　香蕉　苹果
3. 左　右
二、1. C　2. B　3. B
三、1. ×　2. ×　3. √　4. ×　5. √
四、五　八

2. 位　置

错解题改正训练
【题目】(1) 8 + 4　(2) 6 + 7
易错题分类练习
一、1. "六""幕""亚""会"　左　下"亚""开"
2. (1) 2　6　(2) 1　3　(3) 4　7
三、4

单元综合练习

错解题改正训练
【题目】小鹿:1 排 4 号　蝴蝶:2 排 2 号
小鸭:3 排 3 号　小鸡:4 排 6 号
易错题分类练习
一、1. (1) 上　(2) 下　(3) 桌子　铅笔
(4) 桌子　书
三、1. B　2. A　3. A
四、从前往后:小明　小兰　小红

十一、100 以内数的认识

变式小练习1　<　>　>　<
变式小练习2　(1) 36　43　67　82
(2) 4　80　6　7

1. 100 以内数的认识

错解题改正训练
【题目1】(1) 4　7　(2) 35
【题目2】=
【题目3】双数:26　18　60　94
单数:37　45　57　83
易错题分类练习
一、1. 1　8　2. 一　十　3. 十　百
4. 78　5. 89　91

6. 62　63　65　66　67　68　69　70　71(有不同填法)
二、1. B　2. A　3. C
三、= = < > > < =
四、27→B　53→A　92→C　35→D

2. 100 以内数的读写

错解题改正训练
【题目1】(1) 43　四十三　(2) 60　六十
【题目2】(1) 99　(2) 10
易错题分类练习
一、1. 个　十　百　2. 高　3. 百
4. 99　100　5. 两　十　8　十　个　8　一
6. (1) 52　五十二　(2) 40　四十
二、1. ×　2. ×　3. √　4. √
三、8 个十和 5 个一→85
3 个一和 9 个十→93

3. 数的顺序　大小比较

错解题改正训练
【题目1】41 < 59 < 76 < 83 < 91
【题目2】○可能有 32 个
□可能有 60 个
易错题分类练习
一、1. 72　74　58　60　80　82　39　41
2. 大于 10,小于 50 的:31　46　25　13　37　29
27　48
大于 70 的:87　92　79　99　84
90　73　88
二、1. (1) 多得多　(2) 少得多
(3) 少一些　(4) 多一些
2. (1) 少一些　多一些
(2) 多得多　少得多
三、18 个 √

4. 整十数加一位数和相应的减法

错解题改正训练
【题目1】43　73　【题目2】×
【题目3】36 - 3 = 33(瓶)
易错题分类练习
一、1. 37　50　30　43;96　60　29　30
2. 78　60　50　97
二、1. 40　6;80　2;90　5;
30　9;20　6;50　7
2. 8　6;2　1;4　0;32　70
三、1. (1) 70 + 6 = 76(个)
(2) 53 - 3 = 50(支)
2. 36 - 6 = 30(个)

错解题改正训练

【题目1】 $58 - 8 = 50$

【题目2】 (1) 40 (2) 33 (3) 100

易错题分类练习

一、1. 百 2. 7 3. 6 4

4. < < < > = < >

5. ⑤>④>①>②>③

③<②<①<④<⑤

二、1. 72 45 50 90;31 40 59 80

2. 60 48 90 31;45 70 69 80

三、1. (1) 26 本 △ (2) 60 本 △

2. $47 - 7 = 40$(块)

十二、认识人民币

变式小练习1 1元9角 23角

变式小练习2 1元8角 3元5角

3角 4元6角

1. 认识人民币

错解题改正训练

【题目1】 5个 【题目2】 20

易错题分类练习

一、1. 8 2. 3 6 3. 8 5 4. 5

5. 10 6. 5 7. 2

二、1. 元 2. 角 3. 元 角 4. 角 分

三、汽车 娃娃 机器猫 翻斗车 (答案不唯一)

2. 简单的计算

错解题改正训练

【题目1】 (1) 1元8角 (2) 6角5分

(3) 12元5角

【题目2】 0.50 元 = 5 角 6 元 = 60 角

$60 - 5 = 55$ 角 = 5 元 5 角

易错题分类练习

一、1. > = < < = >

2. 36 53 7 2 3 4 4 5 50 2

二、1. 元 2. 元 3. 元 角 4. 分

5. 元 角 6. 角 分

三、1. $0.50 + 1.20 = 1.70$(元)

2. $1.50 + 1.20 = 2.70$(元)

3. $0.50 + 1.50 + 1.80 + 1.20 = 5$(元) 够

错解题改正训练

【题目1】 1 2(或3 1) 【题目2】 < >

易错题分类练习

一、1. (1) 100 10 5 (2) 10 5 2

2. > = < <

3. 100 元 >50 角 >3 元 >20 分 >6 角

二、6 1 12 2;6 13 7 30

三、10 元 +5 元 =45 元 - 30 元→15 元

6 角 +9 角 =24 角 - 9 角→15 角

23 分 - 8 分 =7 分 +8 分→15 分

四、皮球Ⓐ 苹果Ⓒ 小刀Ⓑ

五、1. $12 + 8 = 20$(元) 够

2. $42 + 8 = 50$(元)

3. $12 + 8 + 42 = 62$(元)

十三、100 以内的加减法

变式小练习1 78 35 29 46 68 28

变式小练习2 (1) 78 70 83

(2) 26 18 49

1. 整十数加减整十数

错解题改正训练

【题目1】 $40 + 20 + 10 = 70$(个)

【题目2】 $40 + 20 = 60$(个)

【题目3】 $40 - 30 = 10$(张)

易错题分类练习

一、1. 60 25 10;10 20 60

2. 40 20 90 10;26 24 92 65

二、1. × 2. ✓ 3. ×

三、1. (1) $30 - 10 = 20$(下)

(2) $30 + 20 = 50$(下)

2. $50 + 10 = 60$(元) $100 - 60 = 40$(元)

2. 两位数加一位数和整十数

错解题改正训练

【题目1】 (1) $26 + 3 = 29$(个)

(2) $30 + 29 = 59$(个)

【题目2】 (2) 45 (3) 62

易错题分类练习

一、1. 57 49 38;76 27 69

2. 78 38 53;67 39 25

三、> < < = < >

四、1. $28 + 30 = 58$(张)

2. $10 + 15 = 25$(个)

3. 两位数减一位数和整十数

错解题改正训练

【题目1】 $67 - 30 = 37$（筐）

【题目2】 $42 - 20 = 22$（名）

易错题分类练习

一、1. 44　33　32；38　52　42

　　2. 54　28　41；82　15　32

二、1. >　<；<　>

　　2. <　>　=

三、1. $56 - 20 = 36$（朵）

　　2. $30 + 20 = 50$（人）　$50 > 48$　不够

　　3. $42 - 10 = 32$（页）

4. 两位数加减两位数

错解题改正训练

【题目1】 $45 + 33 = 78$（人）

【题目2】 $38 - 26 = 12$（个）

易错题分类练习

一、=　>　=　<

二、1. 69　81　62　2. 78　72　95　21

三、1. $26 + 12 = 38$（辆）　2. $42 + 24 = 66$（页）

　　3. $28 - 16 = 12$（个）

5. 两位数加一位数（进位）

错解题改正训练

【题目1】 $25 + 6 = 31$　$5 + 37 = 42$

【题目2】 $24 + 9 = 33$（只）

易错题分类练习

一、1. (1) 42　$4 + 8 = 12$　$30 + 12 = 42$

　　　(2) 53　$6 + 7 = 13$　$40 + 13 = 53$

　　2. =　<　>；>　=　>

二、69　六　77　七

　　83　八　91　九

　　41　四　72　七

三、1. $47 + 8 = 55$（元）

　　2. (1) $26 + 7 = 33$（元）

　　　(2) $7 + 18 = 25$（元）

6. 两位数减一位数（退位）

错解题改正训练

【题目1】 $85 - 6 = 79$　$73 - 8 = 65$

【题目2】 $24 - 8 = 16$（个）

易错题分类练习

一、1. (1) 43　$10 - 7 = 3$

　　　　　$40 + 3 = 43$

　　　(2) 26　$14 - 8 = 6$　$20 + 6 = 26$

---

　　2. >　>　=　<　<　<

二、1. 27　39　56　2. 75　87　66

三、1. ✓　4. ✓　5. ✓

五、(1) $32 - 5 = 27$（朵）

7. 两位数加两位数（进位）

错解题改正训练

【题目1】

$$\begin{array}{r} 56 \\ +\ 27 \\ \hline 83 \end{array}$$

【题目2】 $21 + 19 = 40$（人）

易错题分类练习

一、1. 79　84　71　94

　　2. (1) $\begin{array}{r} 56 \\ +\ 18 \\ \hline 74 \end{array}$　(2) $\begin{array}{r} 47 \\ +\ 23 \\ \hline 70 \end{array}$

二、1. 10（或填21，32，43，54，65，76，87，98）

　　2. 99（或填85～98中的某一个数）

三、1. $38 + 34 = 72$（个）

　　2. $28 + 15 = 43$（个）

8. 两位数减两位数（退位）

错解题改正训练

【题目1】

$$\begin{array}{r} \overset{6}{6}7 \\ -\ 28 \\ \hline 39 \end{array}$$

【题目2】 $65 - 38 = 27$（元）

易错题分类练习

一、1. 8　18　37　78　89　53　63　39　28

　　2. 17　17　42　45

二、<　>　=　<　<　>

三、1. $34 - 18 = 16$（架）

　　2. (1) $28 - 19 = 9$（张）

单元综合练习

错解题改正训练

【题目1】 $56 - 29 = 27$

$$\begin{array}{r} 56 \\ -\ 29 \\ \hline 27 \end{array}$$

【题目2】 $80 - 38 = 42$

$$\begin{array}{r} 80 \\ -\ 38 \\ \hline 42 \end{array}$$

易错题分类练习

一、79　31　26　26

二、<　=　>　<　>　<

三、1. 43 − 16→27　28 + 36→64
　　70 − 23→47　32 + 39→71
四、1.（1）36 + 15 = 51（页）
　　　（2）36 + 51 = 87（页）
　　2.（1）52 − 34 = 18（元）
　　　（2）34 − 18 = 16（元）

十四、认识时间

变式小练习　（1）3 时（3:00）　（2）8 时半（8:30）
（3）6 时 8 分（6:08）　（4）7 时 56 分（7:56）

1. 认识整时

错解题改正训练

【题目1】

【题目2】　4 时整

易错题分类练习

一、1. 2　2. 8　3. 2　4. 7 时　9 时
　　12 时　下午 4 时（答案不唯一）
　　5. 9 时（9:00）　2 时（2:00）

二、1. 正好 7 时 ✓　2. 是 4 时整 ✓

2. 认识几时半

错解题改正训练

【题目1】8 时半（8:30）

【题目2】60

易错题分类练习

一、1→10 时整　2→3 时整　3→9 时半
　　4→5:30　5→10:30　6→4:00

二、1. 12　12　60　2. 1　1　60
　　3. 10　11　6

三、1. 3 时半 ✗　2 时半 ✓
　　2. 11 时半 ✓　11 时 30 分 ✓
　　3. 6 点半 ✓　7 点半 ✗

3. 认识几时几分

错解题改正训练
【题目1】（1）8:35　（2）9:57
【题目2】　8（只需 2 次将木头锯成 3 段）
易错题分类练习

一、1. 1　5　60　2. 3　3. 7 时 25 分
　　7:25　7 时 35 分　1 时 40 分
　　1:40　1 时 45 分

二、1. ①→11 时 17 分　②→4:50
　　③→2:03
　　2. ①→3:45　②→6:08　③→8:20

四、9　50

单元综合练习

错解题改正训练

【题目1】6 时 10 分（满 60 分应换成 1 时，加到"时"上面）

【题目2】7:10 $\xrightarrow{\text{经过20分}}$ 7:30

易错题分类练习

一、1. 60　1　120　2. 4　3. 20　4. 12　1
　　5. 12　6　6. 7　8

二、1→4:00　2→6:45　3→9:30　4→8:22

三、>　=　>　=　<　>

四、7 时

十五、统　计

1. 象形统计图和简单的统计表

错解题改正训练

【题目】　7　10　8

易错题分类练习

一、5　5　3　6　4

二、2.（1）6　7　6　4
　　　（2）苹果　桃　香蕉　草莓

三、7　6　8　5　26

2. 简单的条形统计图

错解题改正训练

【题目】（2）7　4　5　①蝴蝶　②鸡　③16

易错题分类练习

2. 12　8　6　4　3.（1）30　（2）12　4

单元综合练习

错解题改正训练

【题目】1. 11　9　14　6　3.（1）40　（2）张洋

易错题分类练习

一、1. □:正　□:正　○:正一　△:正
　　2. 4　6　5　3. ○ □ □　4. 19

二、1. 7　8　5　4　7
　　2.（1）5　（2）31　（3）草莓　西瓜

十六、找　规　律

变式小练习 2
（1）27　22　（2）36　42

1. 找图形变化的规律

错解题改正训练
【题目1】

【题目2】　【题目3】

易错题分类练习

一、1.

(1) 口 口 △○

(2) 红 蓝 黄   (3) ⊘○

2. (1) ○ (2) ○ (3) ★

3. [图形格子]

二、1. (2) 2. (1) 3. (3) 4. (2) 5. (1)

2. 找图形与数字的变化规律

错解题改正训练

【题目1】 △△△ △△△ (7)　【题目2】 ○○○ (3)

易错题分类练习

一、1. (1) △△ (3)　○○ (2)

(2) 口口△ (3) (1)　(3) ○/△ (2) (0)

(4) △ (3)　△ (6)　(5) ○○○○○ (20) (25)

二、1. (3) 2. (2) 3. (1) 4. (3)

3. 找数字排列的规律

错解题改正训练

【题目1】 12 15　【题目2】 35 16

易错题分类练习

一、1. 40 30 2. 14 3. 18 4. 30

5. 10 10 6. 25 20

7. 13,11, | 6 | 9 | | 12 | 15 | 8. 9 7

二、1. (3) 2. (2) 3. (1) 4. (2)

三、小明✓ 小华✓ 小红✓

单元综合练习

错解题改正训练

【题目1】 4 5　【题目2】 23 37

易错题分类练习

一、1. (1) (2) (3) (4)

2. (1) ⊘○ (2) △△△ (3) □△○□

二、1. (1) 24 30 (2) 20 10

(3) 19 21 (4) 60 55

三、1. (1) ○ (2) (苹果)

2. (1) 9 (2) 50 (3) 24 (4) 22

十七、观察与测量

变式小练习 1.5 2.(1) 米 (2) 厘米

1. 观察物体

错解题改正训练

【题目1】 1 3

【题目2】 正面: 侧面:

易错题分类练习

一、1. ✓ 2. × 3. ✓

二、1. [连线图 数学]

2.

三、1. 2. 3.

2. 认识厘米

错解题改正训练

【题目1】 不对

【题目2】 4

【题目3】 (1) × (2) ✓ (3) ×

易错题分类练习

一、1. (1) × (2) ✓ (3) × (4) ✓ 2

2. (1) × (2) × (3) ✓

(4) ✓ (5) × (6)

三、1. 4 4 3 2. 5 3

3. 认识米

错解题改正训练

【题目1】 < < < >

【题目2】 3+3+3+3=12(米)

易错题分类练习

一、1. (1) 厘米 (2) 米

(3) 米 (4) 厘米 (5) 米

2. > = < > > < > =

二、75 厘米 14 米;30 厘米 62 米

三、1. 43+48=91(厘米)

2. 16-9=7(米)

3. $21 - 15 = 6(米)$
4. $1 米 - 90 厘米 = 10 厘米$

单元综合练习

错解题改正训练

【题目1】 < 【题目2】 厘米

易错题分类练习

一、1. 不同 2. 米 厘米 3.6
4. (1) 100 1 (2) 43 (3) 100
5. ②>⑤>④>③>①

二、1. × 2. × 3. × 4. √

三、1. 女生✕△
      男生✕□ 2. 房子→4米
      椅子→70厘米 铅笔→14厘米
      旗→6米

四、1. $10 - 3 = 7(米)$
2. $90 - 25 - 30 = 35(厘米)$

全国小学生数学神机妙算杯——易错题竞赛卷

一、1.98 2. 52
3. $91 > 85 > 73 > 58 > 37 > 19$

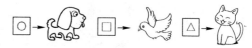

4. (1) 4 (2) 17 2 (3)

二、80 32 67 82 42 66 45 45

三、1. 二 3 2. 左 下 3. 右 上

四、1. < = > 2. = < >
3. < > = 4. < > =

五、5:05 10:10 7:50

六、1. 2 10 3 3
2. (1) 7 4 5 (2) 铅笔 钢笔
(3) $7 + 4 + 5 = 16(支)$

七、分法一:按科目分两类
分法二:按年级分三类
分法三:按出版社分三类

八、

九、1. 48人√
2. (1) $10 + 25 + 8 = 43(朵)$
(2) $25 - 8 = 17(朵)$
3. $18 + 16 = 34(名)$ $40 > 34$ 够
4. 63本
5. (1) 8元 (2) 裤子

117